서른에
얻은 말과
버린 말

서른에 얻은 말과 버린 말

사월날씨 지음

내 마음을 듣는 연습을, 시작했습니다

행성B

　지난주에는 옷장을 정리했다. 옷장 정리는 꼭 미루고 미루다 한 박자씩 늦게 하게 되는데 이번에는 한 박자가 아니라 한 계절을 뛰어넘어버렸다. 겨울 내내 두꺼운 스웨터며 후디를 박스째 내놓고 골라 입고 나갔다 온 뒤 다시 벗어서 던져 넣는 뒤죽박죽 생활을 이어가다가 별안간 어지러운 마음을 참을 수 없어졌다. 즉흥적으로 시작한 옷 정리는 며칠 동안 이어졌다. 남길 옷은 옷장에, 낡고 헤져서 버려야 하는 옷은 이쪽, 깨끗하고 쓸만해서 기증할 옷은 저쪽. 구분이 망설여지는 옷도 있었다. 안 입은 지 오래이나 모종의 추억이나 사연이 깃들어있어 도저히 버릴 수 없는 옷이 있었고 언젠가 화려한 파티든 점잖은 파티든 (딱히 파티를 즐기지도 않으면서) 어쨌거나 한번은 요긴하게 입을 만한 옷에서도 차마 손이 떨어지지 않았다.

버리기 힘든 이유는 다양했다. 싸게 사서, 비싸게 사서, 몇 번 안 입어서, 즐겨 입어서, 작지만 참으면 돼서……. 그래서 옷장에 걸어놓고 나면 왠지 그쪽은 쳐다보고 싶지가 않은 것이다. 거무죽죽하고 어두워. 익숙했고 좋아했고 어울렸던 예전의 것들이 지금의 나에게도 맞는 건 아니었다. 버릴 것을 버려야 옷장이 정리가 되지. 그래야 새로 산 옷을 걸어놓지.

어느덧 도착한 삼십 대의 한가운데 서서 나는 지금 마음의 옷장을 뒤집어 보려 한다. 서른이라는 계절을 어떻게 기다렸고 어떻게 넘으며 지나고 있는지 나를 꺼내놓고 정리를 시작해보자.

2장 ＿＿ 보여지는 몸이 아닌
기능하는 몸이 좋아

3장 ___ 나의 세상에 초대할게, 여전히 서투르지만

4장 —— 현명함 대신 나대기를,
당연함 대신 불편함을

1장

어른인 척 애쓰지 않고
기꺼이 흔들리기로

서른에는
다 알 줄 알았지

모른다. 여전히 모른다. 여전히 편지에 물음표를 백 개씩 쓴다. 수사 의문문이 아니라 진짜로 몰라서 묻는다. 좋아하는 친구야, 나는 뭘 원하는 걸까? 내 삶이 내 마음에 들려면 어떻게 해야 할까? 나를 있는 그대로 받아들이는 것과 나를 바꾸기 위해 노력해야 하는 것의 경계는 어디일까?

이십 대의 나와 삼십 대의 나는 근본적으로 그대로인 것만 같다. 달라질지도 모른다고 은근히 기대했는데. 미래의 나는 좀 더 성숙하고 좀 더 현명하고 좀 더 확실한 사람이 되어 있기를 바랐는데.

"그 노래 기억나?"

나란히 앉아있던 J가 무심하게 물어왔다. 고등학교 음악

시간에 배운 노래라며 멜로디를 흥얼거린다.

"그 있잖아, 서른 살 어쩌고 하는 노래."

아아, 그거라면 기억하고말고.

"나이 서른에 우린, 어디에 이 - 있을까."

대번에 J의 얼굴이 환해진다.

"어느 곳에 어떤 얼굴로, 서 이 - 있을까."

음정을 맞춰 같이 불러본다. J는 가끔 이 노래가 생각난다고 했다.

"서른 살이 참 아득했잖아. 그때는 서른이 되면 뭐든 다 알 거라고 생각했는데."

우리에게는 환상이 있었다. 어른이라는 환상, 서른이라는 환상. 어떻게 갖게 된 걸까? 우리가 보던 어른들이 다 성숙했을 리도 없는데. 단지 우리에게 없던 권한과 자유가 어른의 것이라 어른스럽게 보였던 걸까?

지금 와 돌아보면 내 나이에 엄마는 이미 아이를 둘 낳아 초등학교에 보내고 있었다. 그러니까 어엿한 엄마였다. 크고 단단하고 곧게 서 있던 어른. 엄마, 그걸 어떻게 했어? 나는 지금 나를 돌보기도 버거워 죽겠는데.

그렇지만 알고 있다. 막상 닥치면 나도 어떻게든 해 나갈 것이다. 어떤 아이들에게는 지금 이 혼란스럽고 우왕좌왕

하는 서른다섯의 나도 굉장한 어른으로 보이겠지. 아이들이 기대하는 것만큼 어른들이 성숙하지 않다는 걸 그때는 모르니까.

서른다섯의 엄마는 세상 모든 것에 관해 질문받았을 것이다. 엄마, 이건 뭐야? 저건 왜 그런 거야? 나 어떻게 해야 돼? 나는 다쳤을 거고 친구랑 싸웠을 거고 많은 것에 실패하고 실망했을 건데. 그때마다 엄마는 어떻게 행동해야 하는지 다 알아야 했겠지. 아니, 어쩌면 몰랐겠다, 지금 나를 생각해보면. 몰라도 알아야 했겠다.

뭐든 알 것처럼 보였던 어른들도 실은 아무것도 모르는 기분이었을까? 어떻게 살아야 할지, 세상은 뭐고 나는 뭔지, 옳은 길은 어렵고 쉬운 길은 틀렸을 때 어려운 길을 택하는 의지는 어디서 나는지, 다른 사람처럼 살기 싫은데 다른 사람보다 못 살기도 싫은 건 어째야 할지 머릿속이 엉망진창이었을까? 자신도 흔들리면서 아이들은 기울지 않게 붙잡아주려 어떻게든 애썼던 걸까?

누구는 천 번을 흔들려야 어른이 된다던데, 마냥 흔들리기만 해서 정말 어른이 될 수 있는지 모르겠다. 흔들림에도 방향성이 있어야 하지 않나 생각해본다. 그러니까 어른이 되려는 마음이 있어야 그 근처라도 기웃댈 수 있는 것 아닐까 하고.

살아냈다고 하여 저절로 성숙해지는 것도 아니고 고통을 겪었다 하여 성숙해지는 것도 아니며 사회적으로 중요한 과업이라 여겨지는 결혼이나 양육을 이루었다고 하여 자동으로 어른이 되는 것도 아니라는 걸 이제는 잘 안다. 그러지 못한 사람을 너무 많이 만나왔고 나 또한 여전히 어렵고 어려우니까.

여전히 모르는 게 많지만 예전과 다른 점이라면 이제는 몰라도 괜찮다는 것이다. 한때는 모르면 죽을 것 같았고 모르는 게 너무 많다는 사실이 막막해서 지쳐 버리기도 했다. 그리고 모든 걸 알게 되는 날을 손꼽아 기다렸다. 그렇지만 이제는 그런 날이 오지 않으리라는 걸 안다. 나이가 성숙을 보장하지 않는다는 것도 안다. 오히려 나와 과거 안에 갇히지 않도록, 그래서 퇴행하지 않도록 끊임없이 노력해야 한다는 걸 안다. 나는 모든 걸 알 필요도 없고 모든 걸 알 수도 없어.

더 알고 싶은 건 있다. 뭘 모르고 뭘 아는지를 확실하게 알고 싶다. 내가 받아들여야 하는 나의 모습은 뭔지, 내가 바꾸어나가야 할 나의 모습은 뭔지 정확하게 알고 싶다. 세상이 거지 같을 때 어떻게 희망을 가져야 하는지, 내가 나인 게 지겨워 미칠 것 같을 때 어떻게 포기하지 않을 수 있는지, 모두가 싫고 또 모두를 원하는 사이의 균형을 어떻게 잡을지, 나만의 답을 알고 싶다. 더 알고 싶은 것들이 내 심장을 뛰게 만드는 것만 같다. 나는 그런 것들로 살아가는 것일지도 모른다.

살아냈다고 하여 저절로 성숙해지는 것도 아니고 고통을 겪었다 하여 성숙해지는 것도 아니며 사회적으로 중요한 과업이라 여겨지는 결혼이나 양육을 이루었다고 하여 자동으로 어른이 되는 것도 아니라는 걸 이제는 잘 안다. 그러지 못한 사람을 너무 많이 만나왔고 나 또한 여전히 어렵고 어려우니까.

나이,
그게 뭐라고

스물 몇 살들에는 서른이 오는 게 무서웠다. 그곳은 미지의 세계였고 그때쯤에는 무언가 이루어야만 하고 인생을 완성해놓아야 할 것 같았다. 인품이든 커리어든 멋지고 완벽한 것을 갖고 있어야만 할 것 같은 압박. 실수가 용납되지 않고, 실패하면 돌이킬 수 없는 나이일 거라는 불안. 나는 아직 준비가 되지 않았다는 느낌이 해가 바뀔 때마다 목구멍을 찔렀다.

물론 스물다섯이 반오십이라거나 여자 나이는 크리스마스 케이크와 같다거나 하는 말에는 전혀 동조하지 않았고 "우리 벌써 이십 대 중반이야, 늙었어. ㅠㅠ"라는 친구들에게 우리 한창 어리고 젊다고, 나이가 무슨 상관이냐고 큰소리 땅땅 치면서도 한편으로는 스물다섯, 스물여섯, 스물일곱…… 한 살씩 넘어가는 게 천지 차이처럼 느껴졌고 내가 이십 대 중후반으로 향해간다는 게 믿기지 않았다.

모두가 입을 모아 젊음을 즐기라고 했다. 젊음은 밝게 빛나는 것이라고, 너는 모래 속 진주를 갖고 있으니 그것을 갈고 닦아 보석으로 만들라고 했다. 멋지게 도전하고 모험하고 때로는 실패하며 나만의 스토리를 가지라고 했다. 하나같이 추상적으로 들렸고 뭘 어쩌라는 건지 도무지 알 수 없었다. 그렇지만 그런 말을 하는 어른들의 눈빛이 아련하고 회한에 젖어 있어 나는 조바심이 났다. 지금 이 젊음을 무심히 흘려보내다가는 나도 곧 저런 눈빛을 하게 될지도 몰라. 당장 자리를 박차고 나가 젊음을 즐겨야겠는데 어디서부터 뭘 해야 하지?

세상에 나가 모험을 벌이기 전에 나는 먼저 싸워야 할 게 있었다. 내 안의 우울, 존재의 불안, 인생의 의미……. 나는 어느 때보다 어둡고 가라앉는 시기를 지나고 있었다. 내가 빛나는 청춘이 될 수 있을지 자신이 없었다. 너는 무엇이든 할 수 있어! 어서 세상에 나가 부딪쳐! 젊음을 불태워! 내 등을 떠미는 말들은 주저하는 나를 발견하면 금세 비난하는 말로 바뀌곤 했다. 너는 왜 즐기지를 못해? 청춘이 그게 뭐니? 좀 의욕 있게 이것저것 시도해봐야지, 내가 네 나이였으면 진짜 재밌게 살았을 텐데. 패기 있게 좀 지내봐. 제발 젊음을 낭비해!

내 삶에 관해 가장 많이 생각하고 고민하는 건 나였지만, 나를 둘러싼 것들은 내 삶을 가장 잘 아는 것처럼 평가해댔다. 나를 나이라는 틀에 가둔 채 젊은이다운 모습을 요구했고, 거기에 미달하면 부족한 사람인 것처럼 느끼게 만들었다.

그렇지 않아도 성인이 되고 주어진 자유와 자율을 어떻게 사용해야 할지 갈팡질팡하고 있는데 나의 흔들림은 가치 있는 흔들림과 거리가 멀었다. 혼란스러운 와중에 세상은 그 방향이 아니라고 외쳐댔고 나는 더 혼란스러워졌다. 그러니까 스타트업을 만들고 국토대장정을 떠나고 해외로 날아가 집을 짓고 하는 것들을 가치 있는 모험으로 쳐주었지, 홀로 고뇌하거나 책에서 인생의 답을 찾으려 도서관에 틀어박히는 건 쳐주지 않았다. 책을 읽더라도 거기에서 얻은 걸 바탕으로 새로운 무언가를 만들어내거나 적어도 나만의 빛나는 스토리 중 한 꼭지로 통합시켜야 했다. 눈에 보이는 성취가 조건으로 붙는 것이 바로 세상이 인정하는 흔들림이었다.

서른을 앞둔 무렵, 지인의 결혼식장에서 한 선배를 만났다. 식이 끝나고 기념촬영을 하러 우르르 나가는 중이었다. 북적대는 사이로 선배의 얼굴을 발견하고는 반갑게 다가갔다. 서로 안부를 묻다가 "요새 해외 워킹홀리데이를 알아보고 있는데 쉽지 않네요"라 하니, 선배가 웃으며 그러나 철없는 아이에게 자못 훈계하는 어조로 말했다. "이제 정착해야지."

그날 밤에 자려고 누워서 선배의 말을 생각했다. 그리고 궁금해졌다. 정착이란 뭘까? 선배는 왜 내가 정착과 거리가 멀다고 여겼을까? 나에게는 워홀이 정착의 일환일 수 있는데. 선배가 말하는 정착은 어딘가를 또렷하게 가리키고 있었다. 결혼을 하고 안정된 직장에 다니고 아이를 낳고 집을 마련하는 일들. 모험도 한 길이고 정착도 한 길이다.

뭣보다 나는 이제 정착해야 하는 나이가 되어버렸나? 그렇게 모험을 하라고 부르짖던 사회가 얼굴을 확 바꾸어 버렸다. 선배가 그걸 깨닫게 해 주었다.

서른을 목전에 두었을 뿐인데 지금 '모험'을 떠나는 건 철없고 한심한 일이 되어버린다. 원하는 것을 야금야금 시도해보고 새로운 것에 슬쩍 기웃거리고 눈앞에 주어진 것만이 아니라 더 넓고 많이 보려고 애쓰는 나는 예전이나 지금이나 그대로인데, 이십 대에는 부족하다고 했고 삼십 대가 되려니 과하다고 한다.

현실은 달라, 네가 현실을 몰라서 그래. 이런 말들이 진실을 내포하는 것 같지는 않다. 지금은 누군가를 원하는 방향으로 움직이려 하거나 단순 겁주기용이라고 생각하게 됐지만, 그전까지 나도 현실이란 단어가 들어간 말들에 꽤 겁을 먹었던 게 사실이다. 사람들은 근엄한 태도로 현실을 직시해야 한다고 하지만 현실이란 게 모든 이에게 같은 모습은 아닐 것이다.

선배가 말하는 정착이란 거 지금 하지 않으면 못하는 걸까? 그전에 꼭 해야만 하는 걸까? 선배는 어쩜 그렇게 확실하게 인생의 방향을 정해버릴 수 있는 걸까? 나의 인생에서 바로 지금, 정착이라는 과제를 반드시 달성해야 한다고 믿고 있는 선배가 아무래도 신기했다. 아무리 남의 인생에 대해서는 내 것보다 좀 더 단순하고 명확하게 말할 수 있다지만 선배의 확신에 찬 말투는 그것이 자기만의 의견이 아니기 때문에 나올 수 있는 것처럼 보였다. 커다란 힘을 등에 업고 있었기 때문에, 그게 이 사회의 중심 가치이기 때문에, 주류에게 반박당하지 않을 메시지란 걸 알기 때문에 나오는 확신이었다.

바로 그런 메시지들이 나를 불안하게 해왔다. 나는 이곳과 맞지 않는 부족한 사람이라는 생각이 늘 마음 한켠에 있었다. 마치 세상의 문제집을 절대 다 풀 수 없는데도 짝꿍이 다른 문제집을 풀고 있으면 저건 또 언제 다 풀지 하고 초조해지는 것처럼. 나는 그저 내 앞에 있는 이 문제집을 푸는 것에 집중하면 되는데. 내 나름의 소망과 가치를 따르는 길이 아니라 미리 만들어진 길 위에 서서 막연하게 조급해했다.

아무리 생각해도 이십 대 청춘이라는 것에 이 사회가 기대하고 요구하는 것이 너무하다는 생각이 든다. 그전까지는 애인과 교제하는 것을 결사반대해오다가 소위 사회적 결혼적령기라는 게 되면 갑자기 뭐 하나 빠지지 않는 결혼 상대를 데려오길 바라는 것처럼, 정해진 규칙과 명령에 군말 없이 따르라고 몽둥이를 들고 호통치다가 갑자기 허허벌판에 던져놓고는 이제부터 창의력과 모험심, 아무 데나 부딪쳐보는 패기, 실패해도 바로 일어나는 저력을 갖추기를 기대하는 것이, 아무래도 너무하다. 나는 더 이상 그 트랙 위에 서 있고 싶지 않다.

모험을 즐기라는 말에 따르지 않은 것처럼 이제 모험을 그만두라는 말에도 따르지 않을 거야. 나이에 따라 달성해야 하는 단계 같은 건 적어도 나에게는 맞지 않으니까. 모두가 그것을 무시할 수는 없겠지만 한 명도 빠짐없이 같은 단계를 따르는 것보다 몇 명이라도 마음 가는 대로 다양한 삶의 길을 만들어가는 것이 좋은 사회 아닐까?

서른이 되면 모르는 게 없고 성숙한 어른이 되어 있을 거라는 기대는 무참히 깨졌고 깨뜨렸다. 나는 그냥 나로 살고 싶을 뿐이다. 그거면 된다. 시간이 흐를수록 내가 나를 좀더 잘 알게 되기를, 내가 나를 더 잘 대해 주길 바랄 뿐이다.

솔직히 말하면 나이를 잘 인식하지 않는다. 대충 3n살 하다가 또 대충 4n살 하고 그러면 되겠지 정도로 태평해지곤한다. 나이를 의식해야 할 때도 있지만 심각한 나이주의가작동하는 이곳에서는 대체로 방해될 때가 많다. 나이와 상관없이 사람들과 친구가 되고 동료가 되고 이웃이 되고 싶다. 나이를 잘 먹고 싶다고 생각하지만 그것은 마음이 닫히지 않는 사람이 되기를 바라는 정도일 뿐, 내 하루하루를잘 살겠다는 다짐과 그리 다르지 않다.

서른을 목전에 두었을 뿐인데 지금 '모험'을 떠나는 건 철없고 한심한 일이 되어버린다. 원하는 것을 야금야금 시도해보고 새로운 것에 슬쩍 기웃거리고 눈앞에 주어진 것만이 아니라 더 넓고 많이 보려고 애쓰는 나는 예전이나 지금이나 그대로인데, 이십 대에는 부족하다고 했고 삼십 대가 되려니 과하다고 한다.

일하고 싶은 시간에
일하고 싶은 장소에서

스타벅스에 들어서서 망설임 없이 2층으로 올라간다. 주문은 사이렌 오더로 하면 될 터이고, 한시라도 빨리 이 짐들을 내려놓아야 한다. 영어 문법책에 전공 교과서에 참고할 에세이 도서에 노트북에 충전기, 게다가 냉방을 대비해 가져온 여분의 옷으로 어깨와 손이 한가득이다.

휴대폰 앱으로 주문이 가능한 사이렌 오더는 세계 최초로 한국 스타벅스에서 만들어낸 제도라고 한다. 기본적으로 태어난 곳에 그다지 애정이나 신뢰가 없는 내가 유일하게 만족하는 지점이다. 한국의 어디에나 있는(유비쿼터스) IT 기술 환경. 버스, 지하철, 카페, 도서관 어디서나 와이파이가 연결되고, 인터넷 뱅킹으로 1초 만에 송금하고, 액티

브엑스의 벽은 있지만 집에 앉아 다수의 공공문서를 발급받을 수 있는 곳이 바로 여기다. 물론 가진 자는 자기가 가진 것을 보지 못하는 법이라 나도 한국의 IT 환경이 이렇게 편리하다는 걸 얼마 전 해외에 가보고야 알았다.

서구 선진 문화에 대한 동경이 최근 들어 꽤 깎여나갔지만 그래도 서양 문물 중 하나인 스타벅스는 여전히 내 일상의 큰 부분을 차지한다. 나의 성취의 육십 프로 정도는 스타벅스에 빚을 지고 있다 해도 과언이 아니다. 엄밀히 말하면 커피값을 지불하고 작업 공간으로 이용하는 것이니 빚까지는 아닐 테지만 그럼에도 불구하고 여기가 없었으면 어쨌을까, 생각하면 저절로 고마운 마음이 들고 만다. 이곳저곳의 스타벅스를 전전하며 일을 하는 내게 부러움의 눈길을 보내는 이도, 측은한 눈길을 보내는 이도 있지만 나는 그 무엇도 거절하고 싶을 따름이다. 내가 생각하는 나는 한량도, 떠돌이도 아니다. 일하고 싶은 시간에 일하고 싶은 곳에서 일하기 위해 다른 걸 포기한 사람일 뿐.

첫 출근지는 여의도였다. 통유리창 너머로 한강과 마포대교가 보이는 멋진 고층 건물이었다. 그렇지만 모두가 공평하게 풍경을 즐길 수 있는 것은 아니어서 임원과 팀장

자리에서만 창밖을 내다볼 수 있었고 부장, 차장, 과장, 대리…… 위에서 아래로 내려올수록 책상도 창문에서 차례대로 멀어졌다. 그러니까 나 같은 사원 중의 사원, 신입사원이 배정받는 자리는 출입문 바로 앞이 되는 것이 그곳의 이치. 왠지 산소도 부족한 것 같고 먼지도 더 나는 것처럼 느껴지는 자리. 사람들이 끊임없이 드나드는 부산한 위치라서 모두가 날 볼 수 있지만 내가 보는 거라곤 옅은 회색 책상과 짙은 회색 파티션 뿐인 곳이 암묵적으로 신입사원의 자리가 되었다. 소름 끼칠 만큼 명확하게 위계질서를 상징하는 자리 배치인 셈이다.

그런 와중에 신입사원에게도 풍경이 허락되는 공간이 있었으니 바로 창고였다. 회계팀의 창고란 아주 중요한 곳으로 회사가 생긴 이후 그간의 실물 장표가 빠짐없이 보관된 곳이다. 언제 어느 부서의 누가 어디에 얼마를 썼는지 창고에 가면 무엇이든 찾을 수 있다. 회계팀의 정수와 같은 장소지만 주로 그곳을 이용하는 건 사원들이다. 과거 장표를 찾거나 이달 치 장표를 철해서 정리하는 단순 육체노동은 사원들의 몫이니까. 나는 하루에도 몇 번씩 창고를 들락거렸다.

창고에는 오래된 종이에 쌓인 먼지가 가득했고 이삼 분

이라도 장표를 뒤지고 있자면 눈과 목이 따끔거렸다. 짙푸른 파일철들이 천장까지 빼곡히 들어찬 창고는 휴식에 그다지 적절한 장소는 아니었다. 그렇지만 아무도 없는 창고에서 파일철을 뒤적이고 있을 때가 나에게는 하루 중 유일하게 평온한 순간이었다. 바쁘게 종종거리다가 한숨 돌릴 수 있는 공간이었고 잠시나마 사회적 얼굴을 지우고 내 표정을 지을 수 있는 장소였다.

점심을 먹고 난 두세 시쯤 되었을까. 한낮의 하늘은 맑았고 구름이 듬성듬성 떠 있었다. 강 표면에 부딪히는 햇살의 반짝임을 멍하니 바라보다 도로 위의 자동차들에 눈길이 닿았다. 파란색의 간선버스가 다리를 건너 좌회전을 하는 모습을 보며 나는 그 안에 앉아있을 사람들을 생각했다. 저 버스에 타고 있는 사람은 어디로 향하는 걸까? 원하는 대로 움직이는 건 얼마나 만족스러운 일일까? 저기 저 사람은 자기 발로 땅을 짚으며 뚜벅뚜벅 걸어가네. 얼마나 좋을까? 나는 여기 이렇게 갇혀 있는데⋯⋯.

낮 시간에 길을 걷고 버스를 탄 사람들이 모두 자유롭고 행복할 것이라는 터무니없는 생각은 적어도 그날 그 순간 먼지 가득한 창고 안의 나에게는 진실이었다. 그것은 나에 관한 진실을 말하고 있었다. 내가 불행하다는 것을. 온통 회색인 사무실 안에서 나는 시들고 있었다. 아무리 물을 주어도 말라가는 내 책상 앞의 식물처럼. 그날 이후 나는 나를 그곳에서 구해내기로 마음먹었다.

안정된 정규직, 부족하지 않은 월급, 정해진 기간을 채우면 몇 번 미끄러지더라도 얼마쯤 보장된 승진, 무슨 일 한다고 말했을 때 사람들이 "그게 어떤 회사야? 정확히 무슨 일을 하는 거야?" 묻는 대신 아아, 하고 고개를 끄덕일 만한 인정을 버렸다. 그리고 그것은 생각보다 더 큰 것을 버리는 일이었다. 은행에서 목돈을 대출해 줄 신용을 버리는 일이고, 삼십 년 상환조건으로 주택담보대출을 받아 내 집을 마련할 기회를 버리는 일이고, 같은 동네 같은 집에서 오래도록 살 것이란 예상 하에 미래를 계획하는 안정감을 버리는 일이었다.

각자 견딜 수 있는 괴로움이 다르니까 어쩔 수 없다. 회사에 다니며 가장 괴로웠던 건 정해진 시간 동안 아무 데도 가지 못하고 지정된 자리를 지키고 있어야 한다는 사실이었다. 화장실에 가도 평균적으로 있을 만한 시간이 지나면 누군가 이상하게 생각한다는 것, 팀장님이 나를 찾을 때 옆자리 대리님이 "잠시 자리 비웠습니다" 혹은 "화장실 간 것 같아요"라고 답하고 일정 시간이 지나면 다시 팀장님이

"아직도 안 왔어?" 하고 묻는다는 것에 숨이 막혔다. 점심 먹고 나면 쏟아지는 졸음에 휴게실에 가서 십 분쯤 눈을 붙이고 나오면 정당하게 점심시간을 이용해 쉰 것임에도 불구하고 "요새 휴게실을 자주 이용한다면서?"라는 말을 상사에게 들어야 하는 곳이었다. 내가 내 몸을 원하는 장소에 둘 수 없다는 자율성의 박탈이 사무실의 건조한 공기보다도 더 악랄하게 마음의 산소를 빼앗아갔다.

더 나쁜 건 그걸로 내가 나를 괴롭히는 것이었다. 나는 왜 기본적인 일조차 남들처럼 아무렇지 않게 소화하지 못할까? 정해진 시각에 출퇴근하고 하루 여덟 시간 자리를 지키는 것, 누구나 하는 일이잖아. 왜 그리 유난하게 힘들어 해? 그 정도도 견디지 못하면서 어떻게 살려고 그래? 신랄하게 나 자신을 비난했다. 대체 이런 목소리는 어디서 나오는지. 내게 저런 무례한 말을 퍼붓는 사람은 아무도 없다, 나 말고는. 나에 대한 가장 잔인한 평가는 언제나 내 안에서 나온다. 그게 마냥 자발적인 목소리는 아니겠지만 그걸 멈출 수 있는 것은 오로지 나일 것이다.

오늘은 여유 공간이 넓은 스타벅스에 가고 내일은 의자가 푹신한 스타벅스, 그다음 날에는 창문이 큰 스타벅스를 기분에 따라 전전하면서 나는 자유를 만끽한다. 비록 어느 날은 옆자리에 목소리가 큰 사람이 앉거나 어느 날에는 냉방이 심해 자리를 옮겨 다닐지라도, 너무 졸린 날에는 테이블 위에 쪼그려 엎드려 자다가 어깨가 뭉쳐도, 이 불완전한 자유 덕에 다른 이를 쳐다보며 나의 불행을 확인하지 않게 된 것으로 족하다.

원앤온리, 나만의
꿈을 좇아야 한다는 강박

지금이야 TV보다 핫한 게 생겨났고 유튜브, 인스타 라이브, 틱톡 등을 통해 불특정 다수에게 내 얼굴을 보여주는 것이 상대적으로 쉬워진 시대라 요즘도 아이들이 이 노래를 부를지 모르겠다. "텔레비전에 내가 나왔으면 정말 좋겠네에 정말 좋겠네." 나는 얼굴 앞에서 네모를 만드는 율동과 함께 즐겨 부르곤 했는데 신나게 노래하는 동안 나도 모르게 세뇌당했는지도 모른다. TV에 나오는 건 즐거운 일이고 누구나 TV에 나오고 싶어 하며 나도 예외는 아니라고 말이다.

그래서일까? 아나운서가 되고 싶었다. 텔레비전 노래를 불렀다고 해서 모두가 그걸 장래희망으로 삼지는 않았을 테니 세뇌에 대한 책임은 아마 노래보다 나에게 있을 가능성이 크다. 아나운서가 멋져 보였다. 멀끔하게 옷을 차려입고 말도 술술 잘하고 늘 맞는 소리만 하고 책상에 앉아 이곳저곳의 뉴스를 딱 부러지게 정리해서 전달하는 모습이 제법 보스 같아 마음에 들었다.

초등학생 때 학교 방송반에 들어갔다. 꿈을 꾸면 얼추 이룰 수 있던 운 좋은 시기였다. 아나운서가 되어 아침 조회라든가 학급 뉴스 따위를 진행했는데 그런 내 모습이 좋았다. 화면이 볼록하고 뒤가 툭 튀어나온 텔레비전이 교실 앞쪽에 켜져 있고 그 안에 안경을 끼고 동그란 얼굴의 똘망똘망한 아이가 앉아 자못 진지하게 학교 소식을 전하는 모습이 상상처럼 머릿속에 남아 있다. 아마 초등학생들을 데리고 생방송을 진행하기는 쉽지 않았을 테니 녹화 방송이었을 가능성이 크고, 그렇기에 교실에 앉아 TV 화면 속 나를 바라보는 게 실제 기억일 수 있겠다. 그렇게 믿고 싶다. 만족스럽게 꿈을 이룬 하나뿐인 시절이니까.

하지만 장래희망이 외교관이라고 분명하게 말하는 친구를 부럽게 쳐다보던 기억 역시도 초등학생 때였단 걸 생각해보면 아나운서에 대한 열망이 그리 확정적이진 않았던 듯싶다. 어찌 저렇게 원하는 게 명확할 수 있을까. 우리는 세상의 모든 직업을 알지도 못하고, 그 직업이 어떤 것인지도 자세히 모르고, 내가 그 일에 잘 맞을지도 알 수 없는데, 어떻게 "나는 외교관이 될 거야!"라고 확신에 차서 말할 수 있는지 나는 작은 충격을 받았었다. 동대문 시장에 가서 청바지 하나를 사려면 건물 안의 모든 가게를 빠짐없이 들러야 하는 나에게, 첫 가게에서 마음에 드는 바지를 바로 사버리는 사람의 존재는 경악스러운 것이었다. 낯섦과 의아함과 이해할 수 없음, 그리고 무엇보다 동경을 불러일으켰다. 난 이걸로 할래, 당당하고 씩씩하게 장래희망을 골랐던 그 아이가 지금 외교관이 되었을지는 알 수 없으나 한 가지 짐작해보는 건 의심 없이 결정하고 가보지 않은 길에 대한 미련 없이 앞만 보며 걷는 어른이 되지 않았을까 하는 것이다.

내 경우에는 늘 꿈을 찾아 헤맸으나 자신 있게 정한 적은 없었다. 나에게 꿈이란 완벽한 무언가였다. 세상 어딘가에 나만을 위한 단 하나의 일, 나를 완벽하게 만족시킬 단 하나의 직업이 존재할 거라 믿었다. 나라는 사람의 모양 그대로 빈틈이 존재해서 내가 그 안에 들어가면 한 치의 오차도 없이 딱 알맞게 채워지는 나를 위한 완벽한 주물, 내가 찾아가서 스스로 마지막 퍼즐이 되어 그림을 완성하는 그런 상상을 했다. 이상적인 직업을 찾아내야만 한다고 믿었고 그게 분명 나의 꿈일 것임이 틀림없었다. 가슴 속에서 열정이 불타오르는 일, 아무리 해도 싫어지거나 지겨워지지 않고 매 순간 즐기게 되는 일, 나에게 예비된 오직 하나의 소명, 그것을 찾아야만 해!

세상은 말했다. 모든 걸 쏟아부어도 아깝지 않을 꿈에 자신을 내던지라고. 꿈이라면 그게 무엇인지 언젠가 저절로 알게 될 거라 했다. 꿈을 따르는 과정에 고통은 없다고도 속삭였다. 온갖 달콤한 말들이 귓가에 쏟아졌다. 노력하는 사람은 즐기는 사람을 이길 수 없다는 말이 경구로 돌아다녔다. 진정한 꿈을 찾으면 너는 즐길 수 있을 것이고 그럼 노력하는 사람을 이길 수 있을 뿐만 아니라 즐기는 과정에서 돈도 자연히 따라올 것이라고 했다.

좋아하는 걸 찾으라는 목소리 옆에 잘하는 걸 해야 질리지 않는다는 목소리도 있었다. 좋아하는 것이라도 일로 삼기 시작하면 더 이상 좋아하기 어려워지지만 잘하는 것은 계속해서 잘할 것이니 일로 삼기 적절하며 무릇 사람이란 잘하는 것을 결국 좋아하게 된다는 또 타당한 말씀.

그러니까 이런 것이다. 꿈을 찾아야 한다는 일념으로 진로 관련 강의를 섭렵하듯 들으러 다녔는데, 듣다 보니 빠지지 않고 나오는 내용이 있었다. 진로에 관해서 말하려는 사람을 위한 교재가 있어서 수학을 배울 때 1, 2, 3, 영어를 배울 때 a, b, c로 시작하는 것처럼 그 교재의 첫 부분에는 이런 내용이 들어있는 것 같았다. 좋아하는 것과 잘하는 것 사이의 균형을 맞추세요. 처음 들으면 엄청난 깨달음을 얻은 것 같다. 우리 한국인들은 공식에서 편안함을 느끼니까 '하고 싶은 것 ≠ 잘하는 것, 이 둘은 결코 같지 않습니다'라는 말에 숨어 있던 통찰을 얻고 혼란이 정리된 듯한 개운함을 갖게 된다.

그래도 일상으로 돌아오면 다시 알 듯 말 듯 했다. 추상적이고 일반론적인 이야기들은 한계가 있었다. 어렴풋이 깨달았다는 느낌은 얻었지만 진짜로 무언가를 깨닫지는 못하고 있었다. 중대한 문제는 내가 갖고 있는 재료가 전혀 없었다는 점이다. 좋아하는 일과 잘하는 일의 균형? 알겠어, 알겠는데, 그전에 내가 무엇을 좋아하고 무엇을 잘하는지 모르겠단 말이야. 그리고 여전히 나는 진심으로 묻고 싶다. 그건 어떻게 알 수 있을까? 자신에 대해 스스로 탐색하는 시기는 언제인가? 진로 탐색의 시간과 기회를 이 사회는 개인에게 충분히 주고 있나? 학창 시절 동안 똑같은 목표를 갖게 하는 이곳에서 자신의 개성과 지향을 알아나가는 건 적어도 나에게는 모순되게 느껴졌다.

모두가 올라탄 레이스 위에서 나는 꽤 효율적인 주자였다. 에너지를 최대한 그러모아 목표에 집중했고 사색이나 성찰은 사치라고 여겼다. 어른들은 나에게 말했다. "나중에 네가 하고 싶은 것이 무엇이 되었든 그걸 할 수 있기 위해서 좋은 대학에 가야 해. 대학은 너의 꿈을 이룰 기본 토대가 되어줄 거야. 그러니 지금은 다른 생각 말고 대학 잘 가는 데만 집중해." 어른들의 말 외에 무얼 믿어야 할지 몰랐기에 그 말을 믿었다. 내가 뭘 좋아하고 뭘 잘하는지, 알아보고 생각해보고 느껴보는 에너지를 교과서를 이해하고 공식을 암기하고 문제를 푸는 데 썼다.

대학에 들어가고 길을 잃었다는 기분에 오래 방황했다. 자, 네가 여태껏 소홀했던 진로 탐색을 이제 여유 있게 해봐, 라고 말하는 대신, 세상은 나에게 별안간 선택을 내리라고 했다. 전공을 선택하라고 했고, 무슨 동아리와 학회를 들지 선택하라고 했고, 영어 시험과 자격증 준비를 선택하라고 했고, 직업을 선택하라고 했다.

동시에 꿈에 대한 판타지까지 덮쳤으니. 나 자신도 누군지 모르겠는데 나에게 딱 맞는 드림 잡(dream job)을 찾으라니. 그러나 내가 뱉어내는 막막함은 허공에 흩어질 뿐이었다. 대학 입학이 찬란한 시작으로 느껴지는 게 아니라 홀로 망망대해에 던져지는 기분이라는 내 말은 진지하게 받아들여지지 않았다.

여러 좌절과 실망이 있었고 결국 나는 의심할 줄 알게 되었다. 꿈이라는 신화는 무얼 위해 생겨난 걸까? 사회는 왜 우리가 꿈에 집착하도록 만드는 걸까? 우리는 무엇에 속고 있는 걸까? 꿈이란 단어는 기만이 아닐까?

지금 나는 단 한 번도 염두에 두지 않았던 글 쓰는 일을 하고 있다. 어느 정도는 글쓰기를 좋아해 왔고 교지를 만드는 동아리에 든 적도 있고 논술 대회에서 상을 받은 적도 있긴 하지만 아무래도 끼워 맞추기처럼 느껴지는 게 사실이다. 어떤 직업을 택하든 과거 3n년의 시간에서 그 직업과 관련한 복선 하나 정도는 찾을 수 있을 것 같으니까.

그간 많은 후보를 고려해왔다. 지금 내가 하고 있는 일이 꿈이었다고 확실하게 말할 수는 없다. 그렇지만 지금의 나에게 꿈이 아닌 것도 아니다. 나는 내 일의 내용이 좋고 형태가 좋다. 유일무이한 드림 잡은 아니지만 나에게 충분히 맞고 나는 충분히 좋다.

꿈을 찾기 위한 나의 여정이 조금 무의미하게 느껴지는 것도 사실이다. 꿈 찾기에 책과 강연과 인터뷰들은 결정적인 도움을 주지 못했다. 정보를 많이 접했지만 충분하지 않았고 꿈이라고 여겼던 것은 막상 부딪치자 내게 맞지 않은 일이라는 걸 알게 되기도 했다.

꿈은 단 하나의 결정된 무언가가 아니었다. 그건 내가 만들어가는 것이었다. 관심 가는 쪽으로 살짝 기울이고, 어쩌다가, 하다 보니…… 그러니까 나에 대한 생각을 놓지만 않으면 많은 것이 결정되고 돌아보았을 때 지금이 좋다거나 만족스럽다거나 의미 있다 정도가 최선이지 않을까. 꿈은 찾는 게 아니라 만들어가는 것. 언제든 바뀔 수 있고 또 스스로 바꿀 수 있는 것.

순수한 열정이 저절로 불태워질 만한 꿈을 찾아야만 한다는 생각 때문에 초조해하고 불안해하던 시간에 차라리 좋아하는 책을 읽고 좋아하는 친구를 만날 걸 그랬다.

개인적 공간을
갖는다는 것

열 살 무렵을 떠올리면 기억 속의 나는 자전거를 타고 있다. 우리 집은 단지에서 가장 평수가 작은 1동이었는데 어째선지 주차장은 제일 커다랬다. 그때는 아파트에 지하 주차장을 만든다는 개념이 없어서 자동차들이 햇빛을 받으며 서 있었고 저녁이 되면 자리가 부족해졌기 때문에 몇몇 차는 이중 주차를 해놓곤 했다. 그래서 코너를 돌면 불쑥 나타나는 차들을 피해 삐뚜른 타원형을 크게 그리며 힘차게 자전거 페달을 밟고 있는 내가 보인다.

그 무렵에 사랑했던 친구는 지금도 이름과 얼굴이 또렷이 기억난다. 우리는 어디서건 꼭 붙어 다녔는데 손을 잡거나 팔짱을 끼는 정도로는 성에 안 찼는지 그 애는 내 어깨를 감싸고 나는 그 애의 허리를 휘감은, 전형적인 연인의 자세로 교실과 복도를 어슬렁거렸다. 옆구리에 느껴지던 감각 같은 것들이 왜 아직도 남아 있는지 모르겠는데 여전히 꽤 생생해서 함께 걷다가 방향을 돌릴라치면 그 애의 허리를 잡아당겨 핑그르르 돌리곤 했던 팔의 힘이 지금도 느껴지는 듯하다.

그날도 우리는 주차장에서 자전거를 탔다. 1동 앞을 몇 바퀴 돌다가 지루해지면 2동, 3동을 지나 아파트 단지 전체를 날아다니듯 돌았다. 쉼 없이 페달을 밟으며 터질 듯이 웃음을 터뜨리고 가쁜 숨을 내쉴 때마다 목구멍이 까슬하다. 자전거를 타면서도 뭘 그리 할 말이 많은지 앞서거니 뒤서거니 하며 있는 힘껏 말을 내지른다. 두려움도 거리낌도 없는 우리는 내 상상 속 배경인 맑고 푸르고 쾌청한 하늘만큼이나 눈부시다.

자전거를 다 타고 나면 목적지는 그 애의 집이었다. 27동 쯤이었는데 평수가 넓어서일까, 뭔지 모르게 우리 집과 달리 고요하고 세련된 느낌이 있었다. 연년생인 내 오빠와 나는 만나기만 하면 투닥거리기 바빴는데 나이 차가 꽤 나는 그 애의 오빠는 어딘가 점잖았고 주로 집에 없거나 집에 있어도 방에만 있어 말하는 걸 본 기억이 별로 없다. 그 애의 엄마도 우리에게 무관심한 것은 결코 아니지만 적정한 거리를 지켜준다는 인상이었고 괜스레 말을 걸거나 방에서 뭘 하고 있는지 궁금해하는 일이 없었다.

그런 분위기 덕에 집에 들어서면 그 애에게서도 새삼스레 어른스러운 느낌이 들었고 나까지 덩달아 성숙한 사람이 되는 것만 같았다. 그 집에 처음 갔을 때 나는 잊을 수 없는 충격을 받았는데 그 애가 나와 함께 방에 들어서자마자 자연스럽게 방문을 닫았기 때문이다. 나는 방문을 닫는 선택지가 있는지조차 모르던 아이였다. 놀 때도, 공부할 때도, 심지어 잘 때도 방문은 항상 열려 있었다. 나에게 내 마음이 있는 것처럼 저 사람에게도 저 사람의 마음이 있다는 걸 알아챌 즈음이긴 했지만 나와 가족이 분리될 수 있고 내가 독립적인 하나의 인격체라는 개념은 적어도 우리 집에서는 보편적이지 않았다. 그런데 제 방에 들어서자마자 당연하게 방문을 닫고 우리 둘만의 공간을 만들어버리는 그 애에게서 처음으로 퍼스널 스페이스(personal space)의 개념을 배운 것이다.

문을 닫았다고 해서 비밀스러운 무언가를 도모한 건 아니지만 분명히 달랐다. 우리는 언제나처럼 분신사바를 하고 교환일기를 쓰고 학교생활과 친구들, 새로 나온 문구에 관해서 이야기했지만 문을 닫고 분신사바를 할 때면 좀 더 오싹했고 교환일기를 쓸 때 좀 더 집중했으며 별것 아닌 이야기에도 좀 더 진지해지는 기분이었다.

집 안에서 방문을 닫고 있음으로써 우리만의 공간이 필요하다는 걸 공공연하게 드러내고, 도중에 문이 벌컥 열리거나 문을 열어놓으라는 명령을 받지 않음으로써 우리만의 공간을 인정받는다는 것에 알 수 없는 흥분이 서렸다. 그것은 나의 기억 속에서 가장 오래된, 독립된 인격체로 존중받는 최초의 감각이었다.

분리형 원룸에 살면서 생각보다 많은 걸 파트너와 공유해야 했다. 공간을 공유한다는 것은 컴퓨터를 하든 책을 읽든 침대에 누워 멍을 때리든 항상 시야에 타인이 존재함을 뜻한다. 원치 않는 소리를 듣고 의도하지 않은 존재감을 느낀다. 혼자서 사색에 잠겨 보려 하다가도 부스럭거리는 소리에 정신이 흐트러지고 집중해서 일하다가도 옆에서 휴대폰을 보며 박장대소를 터뜨리면 뭘 본 건지 궁금해서 기어코 자리를 박차게 된다. 누워서 트위터를 읽어 내려가는 순간조차 혼자 있는 것과 아닌 것은 결코 같지 않다. 주말 이틀 동안 집에서 둘 다 꼼짝을 안 할 때면 나는 속이 갑갑해져 동네 산책이라도 해야 가까스로 숨이 트였다.

따로 방을 가질 수 있는 집으로 이사하던 날, 오로지 나의 소유물로만 들어찬 공간을 바라보며 감격하고 말았다. 내 책상, 내 책장, 내 의자, 내 옷장만 보이는 내 방 안에 서서 나는 열 살 무렵 친구 집에서 느낀 희열을 고스란히 기억해냈다.

누구에게도 방해받지 않고 판단 받지 않는 곳. 나만 바라보고 나만 생각한다. 말로 하는 순간 기정사실이 될까 봐 깊숙이 묻어둔 고통, 미움, 불만을 슬며시 꺼내 본다. 나중에 실패하거나 포기할 때를 걱정하지 않고 마음껏 지금 당장의 바람들을 꿈꾸어 본다.

나만의 공간에서 제멋대로 공상에 빠질 수 있다. 나는 내 안으로 침잠할 수도 있고 내 세계를 멀리 뻗어볼 수도 있다. 보편적으로 공감받지 못할 생각의 파편들을 자유롭게 굴려본다. 부족하고 못난, 미숙하고 정제되지 않은 '나'들을 꺼내놓을 곳이 어딘가에는 있어야 하지 않을까? 나만의 공간이란 내게 있어 마음의 찌꺼기들이 걸러지는 곳, 투박한 사고의 모서리를 깎아나가는 곳이다. 그러고 나면 나는 다시 방문을 열고 용감하게 마음의 길을 나설 준비를 마친다.

2장

보여지는 몸이 아닌
기능하는 몸이 좋아

나를 지키는
기능적인 몸

드디어 운동 루틴이 생겼다. 통유리창 너머 가느다란 나무가 계절마다 색을 바꾸는 아늑한 스튜디오에서 친구와 같이 웨이트 트레이닝 수업을 받은 지 일 년 반째. 둘이서 매트를 깔면 딱 알맞은 프라이빗 스튜디오는 살짝 거친 원목 인테리어에 좋은 향이 나고 심신을 안정시키는 음악이 흘러나온다. 그곳에 처음 간 날 몸을 움직여보다가 친구와 마주 보고 웃었다. 왠지 부자가 된 기분인걸.

일주일에 두 번, 90분 동안 트레이너의 지시에 따라 몸 곳곳의 근육을 단련하고 땀을 흘린다. 정확히는 앞의 일 년은 주 1회였고, 이후 주 2회로 늘려 다시 반년째다. 보통 규칙적인 운동이라 함은 일주일에 서너 번이라 하니 전문가가 보기에 이상적인 횟수는 아니겠지만, 나의 일상에 운동이 들어왔다는 데만도 커다란 의의를 두고 있다. 건강검진의 사전질문지를 받아들 때마다 일주일에 땀을 흘릴 정도로 운동하는 횟수를 묻는 항목에 멈춰서 빚을 잔뜩 진 기분으로 '0'에 표시하곤 했으나 재작년 연말에는 '1' 앞 네모 칸에 자신 있게 체크 표시를 그린 기억은 다시 떠올려봐도 감격스럽다.

대개 운동이란 의무감으로 겨우겨우 끝내는 것이지, 그다지 즐거웠던 기억이 없다. 어쨌거나 운동을 '했다'라는 점에서만 아주 작은 부채를 덜어낼 뿐이었다. 아무리 덜어도 갚아질 기미가 없는 부채. 지금은 휴대폰 속 달력을 열면 운동 가는 날이 적힌 날짜가 반짝거리며 빛나는 걸 본다. 기분이 가라앉을 때면 누워서 생각한다. 운동 가면 괜찮아질 거야. 유난히 속이 갑갑한 날에는 야외수업을 하자고 할까, 눈을 감고 자연 속에서 달리는 나를 상상해본다. 곧바로 몸을 일으킬 수 있는 건 아니어도 스스로 기분을 변화시킬 만한 선택지를 떠올린다는 것에, 그리고 그것이 다른 무엇도 아닌 운동이라는 점에서 나는 자신에게 놀라버린다. 창을 열고 소리치고 싶다. 동네 사람들, 내가 운동을 해요! 게다가 좋아해요!

같이하는 친구도 비슷한 마음인지 "일하기 싫어 죽겠고 그냥 운동하러만 가고 싶어"라 하니, 우리에게 제법 잘 맞는 운동을 찾은 성싶다. 스튜디오 안에서는 집에 가고 싶다고 우는소리를 하고 마지막 세트라는 소식에 환호성을 지르지만, 막상 집을 나서려면 꾀가 나고 하루 치 운동을 끝내는 순간이 최고로 행복하지만, 우리는 일주일에 두 번씩 기꺼이 고통스럽기를 선택한다. 나는 몸에 있어서 절대로 무리하지 않기 때문에 함께하는 친구가 아니었다면 훨씬 더 안온한 지점에서 운동을 마쳤을 것이다. 자신에게 쏟는 관심을 절반쯤 덜어 친구에게로 넘기며 내 고통에 덜 민감해진다. 같이 땀범벅이 되어 숨을 몰아쉬고 기합을 내지르면 나는 팔굽혀펴기를 두 개쯤 더 하고, 버피를 5초쯤 빨리하고, 타바타를 한 세트 더 돌린다. 그가 없었다면 나는 진작에 집을 나서는 것부터 실패했을 것이다.

우리의 트레이너는 친절하고 단호하다. 힘들어서 못 하겠다는 끙끙거림에 "괜찮아요. 할 수 있어요"라고 말하는 그의 목소리를 들어본다면 이 두 가지 속성이 어떻게 공존할 수 있는지에 관한 정확한 사례를 알게 될 것이다. 그러나 나의 외마디가 단련을 위해 넘어야 할 고비가 아니라 부상 위험이라는 걸 파악했을 때에는 역시 단호하게 즉시 중단하고 같은 부위를 단련하는 다른 운동법을 알려주는 그에게 유능하다는 찬사를 보내지 않을 수 없다. 뭐가 잘못되었는지 면밀히 파악하고 나의 신체 특성을 살펴 제대로 된 자세로 교정해 주고 알아들을 때까지 설명해 주고 현재 피로도를 살펴서 (다 끝났지만) 세 개만 더 할게요, 라거나 (아직 많이 남았지만) 세 개만 더 할게요, 라고 강도를 조절할 때마다 내가 지금 이곳에 있어 얼마나 다행인지 생각한다. 숨을 고르며 통유리창 너머 나뭇잎이 물드는 풍경을 바라보면 저절로 행복하다는 감각이 떠오른다. 어느 날의 야외수업에서 누운 채 스트레칭을 하다가 유달리 맑은 하늘, 멀리 보이는 나무들, 살랑 불어오는 바람을 느끼며 생각했다. 이건 돈을 내야 가지는 행복이지만, 돈이 있다고 가질 수 있는 행복이 아니야.

그래서 내 몸에 근육이 붙고 덜 피로하고 에너지가 돌고…… 한다면 이상적인 전개겠지만, 몸의 변화를 말하기에는 아직 좀 이르다. 말린 어깨가 조금 펴지긴 했다. 등 근력 강화와 어깨 펴는 운동을 한동안 했더니 자세가 약간 곧아졌다. 똑바로 서서 팔을 늘어뜨리면 손등만 보였는데 어깨가 펴지자 엄지와 검지 사이의 틈이 보이기 시작했다. 그렇지만 그것도 꾸준히 하지 않으니 원래대로 돌아왔다. 허리와 어깨가 꼿꼿해졌을 때는 지하철 창 너머, 샤워 후 머리를 말리는 거울 속 내 모습에 기쁘고 뿌듯했기 때문에 아쉽기는 하나 좌절하지는 않는다. 이게 다 무슨 소용이야 하며 운동을 때려치우고 싶어지지도 않는다. 육안으로 확인할 수 있는 몸의 변화는 언제까지고 오지 않을지도 모른다. 그래도 괜찮다. 더 나빠지는 걸 막아주는 정도면 그 나름대로 선방이다.

그럼에도 불구하고 절대로 잃고 싶지 않은 또렷한 변화가 있으니. 마음의 변화는 아주 사소해서 나만 알아챌 수 있다. 요즈음의 나는 힘을 써야 하는 상황이 오면 이렇게 중얼거린다. '나는 운동하는 사람이야.' 스튜디오에서 들어 올렸던 아령을 떠올린다. 절대로 들 수 없을 것처럼 생긴 투박한 아령을 "할 수 있어요. 엉덩이에 힘주고, 코어 단단히 잠그고, 합!" 하는 트레이너의 구령에 따라 들어 올렸던 기억을 떠올린다. 내 몸에서 낼 수 있는 힘을 나만 모르고 있었다. 힘쓰는 분야에서 나는 나를 한 번도 믿어준 적이 없다.

아파트 수도에 문제가 생겨 관리실에서 생수를 나눠준다는 안내 방송이 나왔다. 2L짜리 생수병이 여섯 개씩 묶여 있는 팩을 누구나 하나씩 가져올 수 있었다. 12kg쯤 되는 생수병을 받아들고 집으로 가려니 다들 물을 하나씩 들고 엘리베이터 오기를 기다리고 있다. "계단으로 가죠." 나는 뒤따라오는 남편에게 호기롭게 말하고 다섯 개 층의 여정을 떠났다.

끙끙댔지만 포기하지 않았다. 왜냐하면 할 수 있다는 걸 알고 실제로도 할 수 있으니까. 대중교통 앱을 확인하고 버스를 간당간당하게 탈 수 있겠다 싶으면 뛴다. 물론 매 시도가 성공적이지는 않다. 고무적인 부분은 설사 놓칠지라도 뛰기 시작한다는 것. 나에게 당연히 다음 버스가 배정되었다고 생각하지 않는 것. 뛰다가 숨이 차도 멈추지 않는다. 심장이 쿵쿵대고 목이 따가워져도 뜀박질을 멈추지 않은 채 속으로 '내 심장이 기뻐하고 있어'라고 되뇐다. 내가 헉헉대며 동작이 느려질 때마다 나를 북돋웠던 트레이너의 문장이 혼자 있어도 나를 북돋는다.

내가 나를 다르게 바라본다.

운동을 즐기는 몸처럼 생기지는 않았지만, 그간 운동에 꽤 많은 관심을 쏟아왔다. 가진 관심만큼 꾸준함과 성실함이 따라주지 않는 것이 유일한 문제일 뿐이었다. 내 나름의 운동 역사도 있다. 다양한 운동을 스스로 혹은 누군가에 이

끌려 시도해왔다. 최초의 운동은 여덟 살 무렵 엄마와 함께
다니기 시작한 수영이었다. 수영장에 들어설 때마다 꿉꿉
한 습기와 소독약 냄새가 합쳐진 알싸함이 이상하게 좋았
다. 그게 절반쯤은 곰팡이 냄새라는 걸 나중에 알고서도 좋
아했다. 수영을 마치고 나오면 강렬하게 허기가 졌다. 노곤
한 몸으로 수영장 앞 빵집에 들러 늘 페이스트리를 사 먹었
다. 바삭한 껍질을 베어 물면 입안 가득 차는 부드럽고 촉
촉한 페이스트리의 결을 하나하나 느끼며 걸었다. 한 손에
수영 가방, 다른 손에 먹던 빵을 들고 계단을 올라가서 상
쾌한 바깥공기가 얼굴에 닿으면 운동하는 시간을 포함해
가장 만족스러운 순간이었다. 몸은 피로하고 입에는 맛있
는 게 물려있고 밖은 햇살이 쏟아지는 삼박자가 묘하게 어
긋나는 듯 조화를 만들어냈다.

성인이 되면서는 요가원을 등록하기도 하고, 집 근처 헬
스장도 다녀보고, 새벽마다 아빠와 같이 국선도에 다닌 적
도 있다. 퇴근 후 문화센터의 요가 필라테스 같은 이름의 수
업을 듣기도 했고, 최근의 휴일에는 종종 배드민턴을 친다.
위 리스트들은 몇 달쯤 지속한 것도 있고 몇 번 하다 만 것
도 있으며 학원에 등록하는 데까지만 의지가 발현된 것도
있는데, 지금도 침대 밑 상자에 포장도 뜯지 않은 발레 옷과

슈즈가 고이 간직된 것을 떠올릴 때마다 속이 쓰려온다.

운동에 의무감과 죄책감이 뒤섞인 관심을 가져왔던 건 체력에 목말랐기 때문이다. 태어날 때부터 작고 약한 아이였다. 새 학년이 되면 나보다 키가 작은 사람이 있는지부터 살폈다(운 좋게 단 한 번 있었다). 체육 시간에는 늘 기준이라서 두 손을 앞으로 뻗을 필요가 없었다.

부러운 사람은 미리 키가 다 컸다는 사람이다. 그는 잠시라도 또래 안에서 키가 큰 존재였던 적이 있다는 것 아닌가. 나의 어린 시절 별명은 땅콩이었고, 제일 싫어하는 말은 땅꼬마였다. 익숙한 놀림은 "너 어딨어? 안 보여", 짜증 났던 놀림은 "너는 왜 땅에 붙어 다니냐?", 가장 많이 들은 칭찬인 "귀여워"는 상대에 따라 다르지만 아무리 좋은 뜻이라도 대체로 지겨웠다. 단지 키가 작다는 이유로 친구들이 머리를 쓰다듬거나 어린애 취급하는 게 불만이었다. 나는 귀여움을 받고 싶은 게 아니라 상대와 동등한 인격체로 관계를 시작하고 싶었으니까.

걸핏하면 몸살이 났다. 이불을 둘둘 감고 체온계를 귀에 꽂은 채 식은땀을 흘리며 포카리스웨트로 수분 보충을 하던 날들이 데자뷔처럼 정기적으로 지나갔다. 에어컨이든 자연 바람이든 직접 살에 맞으면 아팠다. 달리는 차창 너머로 바람맞는 걸 즐기는 사람은 분명 건강한 사람이라고 확신하고 있다. 자고 일어나서 개운한 기분을 느낀 적이 없고 몸에 에너지가 돈다는 느낌을 알지 못했고 그건 여전히 그렇다. 심각한 건강 이상은 없지만 툭하면 주저앉을 것처럼 비실한 몸인 것이다.

그래서 옷을 입기가 늘 까다로웠다. 배가 차가워지면 바로 배탈이 나기 때문에 안쪽 상의는 하의 안에 집어넣어야 하고 다리가 추우면 종아리가 욱신거리기 때문에 남들이 발목을 내놓기 시작할 때도 꿋꿋이 내복을 입었다. 추위에만 약하다고 생각했는데 어느 여름 기록적인 폭염을 겪으며 더위에도 약하다는 걸 알게 되었다. 땀이 나면 피부가 얼룩덜룩해지고 손가락에 수포가 올라온다. 그래서 여름엔 덥지 않게, 겨울엔 춥지 않게 옷을 입는 게 가장 중요한 기준이 되어버렸다. 안타깝게도 여기서부터 패셔니스타가 될 조건에서 탈락하고 만다. 계절을 앞서가는 게 멋쟁이 아닌가. 멋쟁이라면 봄이 올 것 같은 기미가 보이면 아무리 영하에 꽃샘추위가 기승이라도 가죽 재킷이나 트렌치코트를 선택할 것이다. 그렇지만 나의 철칙은 '롱패딩은 어린이날까지 넣지 않는다'이니 애초에 멋을 택할 수 없는 비애가 나의 숙명이다.

그렇다고 모든 멋을 포기한 건 아니다. 엄밀히 말하면 멋보다는 콤플렉스를 완화하기 위한 것이지만, 키 작아 보이지 않는 게 나의 중요한 패션 기준이다. 바지는 바닥에 끌릴 듯 말 듯 최대한 길게(나팔바지가 유행했을 때 참 좋았다), 짧으려면 아예 짧게 입는다. 가방 크기도 중요하다. 특히 양옆에 주머니가 붙어있는 백팩 같은 건 "네가 가방을 멘 게 아니라 가방이 널 멘 거 같다", "가방에 끌려가는 것 같다" 따위의 말을 듣게 된다. 사람들은 왜 꼭 한마디를 얹지 못해 안달일까? 몸집보다 좀 큰 가방을 멨다면 그런가 보다, 키가 크든 작든 얼굴에 점이 많든 눈이 작든 발이 크든 그저 그러려니 할 수는 없는 걸까?

아무튼 과거의 나는 보여지는 모습에 지금보다 훨씬 더 신경을 썼다. 운동화도 굽이 들어간 운동화만 신었고 성인이 되자마자 굽 높은 구두를 샀다. 굽은 그냥 발의 일부였다. 불편한 줄도 몰랐다. 키가 커 보이고 다리가 길어 보이는 게 중요했다.

매일 신는 힐이라는 건 많은 구두가 그렇듯이 지름이 1cm도 되지 않을 정도로 굽이 얇았다. 길고 가는 굽에 의지해 나는 지하철역부터 학교 꼭대기 강의실까지 30분씩 뛰어다녔다. 자주 지각을 일삼았기 때문에 겨우 강의실에 도착하면 심장이 따가웠고 쉴 새 없이 기침이 났다. 조용한 강의실에서 기침을 참으려 애쓰며 한동안 숨을 고르고 나서야 수업에 집중할 수 있었다. 구두 때문에 발이 아팠지만 신발이 뛰는 데 적합한지는 애초에 고려대상이 아니었다.

키와 관련해 선택지가 있다는 점이 좋았다. 나는 조금 더 큰 키로 사는 것을 선택할 수 있었다. 그러다 어느새 굽 없는 신발은 선택지에서 아예 사라졌고 단 하나의 선택지를 반복하여 고르면서 그게 온전한 나의 선택이라 여겼다.

힐을 신으면 무거운 문을 열기 힘들었다. 팔만으로는 안 되고 체중을 실어 온몸으로 밀어야 했다. 나를 지탱해 주는 건 얇은 굽일 뿐이니 커다란 건물 입구의 거대한 유리문이 나를 향해 닫힐 때 그걸 밀 생각은 사치였고 그저 재빨리 몸을 피해야 했다. 내 몸을 기능하는 무언가로 생각하지 않았다. 몸을 이용하여 무언가를 막거나 대응하거나 나를 보호할 수 있다는 개념조차 갖고 있지 않았다. 아무도 내 몸에 그런 기대를 하지 않았고 나도 마찬가지였다.

내가 몸에 바라는 건 보기 좋은 몸이 되는 것이었다. 몸이 좀 더 굵어지길 바란 적도 있지만 그 역시 철저히 미관상의 이유였다. 허벅지가 좀 더 굵어져서 섹시한 몸이 되길 바랐다. 한창 '꿀벅지'라는 말이 유행할 때였다. 사람 몸에 붙기에 적절하지 않은 단어인데도 나도 그렇게 되어야 한다고 느꼈다. 동시에 가는 다리에 매겨지는 사회적 점수도 있었다. 나는 다리가 길어 보이기 위해 핫팬츠를 입기도 했지만 가는 다리에 매력 점수가 부여될 거라는 점도 알고 있었다. 여자의 다리는 날씬하면서도 허벅지는 섹시할 만큼 굵어야 했고 또한 살이 흔들리지 않도록 적당히 탄탄해야 했다. 누구도 쉽게 달성하지 못하는 모순된 목표지만 추구해야 하는 목표였다. 자신을 스스로 대상화시키는 목표.

나의 트레이너 선생님은 내 몸을 자세히 보아준다. 어느 근육이 유달리 굳어 있는지 살펴 그 부위의 스트레칭을 권하고, 발목이 꺾이는 정도와 무릎에서 발까지의 길이를 고려하여 스쿼트 자세를 알려주고, 어깨나 등 근육 대신 승모근을 쓰는지 관찰한다. 책장에는 여성의 몸에 관한 책이 가득하다. 여성의 몸이 어떻게 생기고 구성되어 있는지, 여성의 근육은 어떤 길이로 어디에 위치하는지, 그래서 어떻게 근력을 키우고 풀어주면 좋을지, 나 대신 전문적으로 공부해 준다. 전문적인 지식을 바탕으로 내 몸의 특성을 살펴 적절한 운동을 처방하는 것, 이게 바로 전문가에게 기대하는 것 아닐까! 그리고 내 몸을 미관상 기준으로 평가하지 않는다. 그가 관심을 두는 것은 오로지 내 몸이 얼마나 뻗어나갈 수 있는지, 얼마나 강해지고 있는지, 얼마나 지구력이 생겼는지 같은 것들 뿐이다. 그래서 그가 기뻐하는 순간은 내가 바른 운동 자세를 취할 때, 안 되던 자세가 가능해질 때, 지난번보다 플랭크 자세를 오래 안정적으로 유지할 때, 더 무거운 아령을 들고도 피곤해하지 않을 때, 겨눈 부위를 정확히 움직여 운동할 때다. 덕분에 나도 내 몸을 좀 더 기능적으로 바라보게 된다.

건강하고 단단한 몸을 갖고 싶다. 내 몸으로 눈앞의 물리적인 장애물을 물리치며 나아갈 수 있기를 바란다. 위협이 가해졌을 때 내 몸이 최소한의 방어막이 될 수 있기를 바란다. 쇼핑센터 문을 힘겹게 열고 뒤따라오는 아이와 노약자를 위해 낑낑대며 문을 붙잡고 있는 게 아니라 배에 단단히 힘을 주고 가뿐하게 문을 잡고 서서는 여유로운 미소를 지을 수 있는 몸이었으면 좋겠다. 닫히려는 엘리베이터를 내 몸으로 막을 수 있다는 감각이 생겼으면 좋겠다. 축구 골대 뒤를 지나가다가 공이 날아오면 질겁하며 도망치는 게 아니라 여차하면 몸으로 받아 낼 마음의 준비가 되었으면 좋겠다. 계단에서 넘어지더라도 속수무책으로 구르는 게 아니라 부상이 적도록 순간적으로 몸을 보호하는 움직임이 생겼으면 좋겠다. 필요할 때 다른 사람이 날 붙잡으려는 것을 뿌리치거나 내가 누군가를 쫓아 뛰어가서 붙잡을 수 있었으면 좋겠다. 여차하면 할 수 있다는, 이 모든 일이 가능하다는 자신감을 간절히 갖고 싶다.

그리고 나는 나아지고 있다. 뻐근해지는 근육에 신이 나고 심장이 빠르게 뛰는 게 반갑다. 나는 어제보다 오늘 조금 더 건강한 몸이 될 것이다.

눈을 감고 자연 속에서 달리는 나를 상상해본다. 곧바로 몸을 일으킬 수 있는 건 아니어도 스스로 기분을 변화시킬 만한 선택지를 떠올린다는 것에, 그리고 그것이 다른 무엇도 아닌 운동이라는 점에서 나는 자신에게 놀라버린다. 창을 열고 소리치고 싶다. 동네 사람들, 내가 운동을 해요! 게다가 좋아해요!

몸에 관한
분열을 견디다

　상체를 집중적으로 단련하는 날이다. 5kg짜리 아령을 들고 등과 어깨와 팔의 근육을 쓰는 운동인데, 두 손을 위로 뻗었다가 그대로 뒤통수 뒤로 팔을 구부리는 동작을 하고 있었다. 향수 광고에서 근육이 빵빵한 남자가 겨드랑이에서 나오는 호르몬을 맡아보라는 듯 팔을 한껏 쳐들고 양쪽 겨드랑이를 완전히 열어젖히는 바로 그 자세다. 그런데 어라, 거울 속의 내가 좀 멋있네. 삼두가 평소보다 강인해 보여.

　팔 근육에 뿌듯해하려는 찰나, 정말 알아채기도 어려울 만큼의 짧은 시간 후, 그러니까 거의 동시라고 할 수밖에 없는 순간에, 자신에게 백 프로 긍정적인 감정을 허락할 수 없다는 듯 나의 뇌는 걸그룹의 마른 팔뚝을 떠올리고 말았다.

통통한 팔은 오랜 콤플렉스였다. 지금껏 민소매를 입어 본 적이 없다. 봉긋 솟았다가 팔뚝을 꽉 잡아주는 소매도, 타이트한 반팔 소매도 입지 않는다. 어떤 소매 모양이 팔뚝 살을 두드러져 보이게 하는지 시행착오를 거쳐 알고 있고, 옷을 고르는 여러 기준 중의 하나이며, 나는 그것에 확고한 의지를 갖고 있다.

하지만 굵다는 건 그만큼 힘이 있다는 뜻인지 나는 웨이 트 트레이닝을 하며 하체에 비해 상체 운동이 더 쉽게 느껴 지는 걸 발견했다. 팔굽혀펴기를 하거나 매달리거나 내리 칠 때 나는 좀 더 오래 버티고 좀 더 세게 치고 좀 더 무거운 걸 든다. 운동하면서 효능감을 느껴본 건 이번이 처음이야! 그럴 때면 내 팔뚝이 기특하게 느껴지고, 스스로 만들어낸 효능감이라 잘 무너지지 않을 것 같은 기분도 든다. 운동을 할수록 점점 단단해지는 팔뚝이 자랑스러워지기까지 하려 는 마음에 괜히 입술을 씰룩댄다.

올여름에 처음으로 민소매를 입어보았다. 민소매를 입 고 나니 팔뚝이 훤히 드러나는 끈 소매도 별 게 아니었다. 예전 같았으면 속에 입거나 밖으로 겹쳐 입던 옷을 단독으 로 입고 집을 나선다. 보여주려는 것도 아니고 숨기려고도 하지 않는다. 내 팔이 나에게 약간 익숙해졌다. 더우니까, 이 옷이 예쁘니까, 하는 생각으로 입는다. 이게 그냥 내 팔이야, 라는 마음으로. 민소매를 입게 되었다는 게 기쁘지만 그렇다고 민소매를 입을 때마다 기쁜 것도 아니다. 그저 자연스럽다. 자연스러움에는 별다른 감정이랄 게 없었다. 그렇다면 이것은? 드디어 내가 팔뚝을 긍정하게 된 걸까? 이게 바로 몸과 화해하는 것일까! 이런 생각을 하면 나는 조금 흥분하고 만다.

내 팔뚝과의 화해라, 그런 것 같기도 하다. 완벽히 아무렇지 않은 순간이 있으니까. 그런데 길을 가다, 혹은 TV나 유튜브에서 가느다란 팔을 보면 나는 참지 못하고 또 그만 부러워하고 만다. 그러고는 앞의 나와 전혀 다른 생각을 하는 것이다. 내가 저런 팔을 가졌다면 아무런 제약 없이 입고 싶은 옷을 다 입을 텐데. 분명 나는 이제 민소매도 입고 내 팔을 그냥 사람 팔로 받아들이게 되었다고 생각했는데 이럴 때 보면 언제 그랬나 싶게 도로 예전의 나로 돌아가 있다.

여자에게는 건강한 몸과 사회적으로 아름다운 몸이 일치하지 않는다. 스튜디오의 거울 속에 비친 나의 강인한 팔뚝은 건강한 몸이지만 사회적인 미의 기준에 들어맞는 몸은 아니다. 여자는 마른 몸이 추앙받고 숭배받는다. 마른 몸이 가치 있기로 결정되었다. 모두가 마른 몸을 사랑하고 나 역시 혼자만의 굳은 의지 정도로는 그 맹목적인 선망의 열차에서 뛰어내리기가 쉽지 않다. 내 몸을 기능적으로 바라보고, 건강해지기 위해 열망하고, 있는 그대로 긍정하려는 노력은 끝에 끝까지 갔다 싶다가도 또다시 한계에 부딪힌다.

보이는 몸, 시각 정보로 들어오는 몸의 모습이 단 하나도 중요하지 않다고 말하려는 것은 아니다. 인간의 미적 판단이라는 게 얼마큼 사회적이거나 절대적인지에 관해서도 흥미로운 토론을 할 수 있겠지만 지금 여기에서 말하려는 것과는 초점이 좀 다르다. 여자의 몸에 관한 사회적인 가치 평가 기준이 얼마나 여자들을 괴롭히는지를 보려는 것이다. 그리하여 자기 몸에서 원하는 것을 탐색해볼 기회, 각자 나름의 미감을 발달시킬 기회를 어떻게 앗아가는지 그런 이야기를 해보려 한다. 나는 내 몸의 길을 찾으려다가도 휘둘리고 벗어나려다가도 돌아온다.

얼마 전에 허리 통증으로 고생하다가 헬스를 시작하며 나아졌다는 한 남자친구를 만났다. 겉으로 보기에도 그는 전보다 훨씬 보기 좋은 몸이 되어 있었다. 가슴 근육이 볼록 나왔고 어깨에 동그스름한 근육이 보이기 시작했다. 그 애는 원래의 그 애로서는 상상도 못 하는 일인 매일 꾸준히 운동하기를 실행하고 있었다. 운동에 맛을 들인 것이다.

거울 속에서 5kg을 들고 있는 나의 삼두 근육을 바라보며 그를 생각했다. 크고 단단한 근육이 있는 몸. 건강한 몸과 사회적으로 추앙받는 몸이 동일한 사람. 그 애는 자신의 건강을 위해 운동하면서 동시에 사회적 미의 기준에도 부합하는 몸이 된다. 여자 몸의 가치가 마름이라면 남자 몸의 가치는 근육이니까 운동을 열심히 할수록 그는 건강해지기도 하고 가치 있어지기도 한다. 땀을 뻘뻘 내며 근육을 단련하는 동안 티끌만큼이라도 부정적인 생각을 할 이유가 없다. 단순할 수 있는 머릿속이, 어떤 찜찜함도 가질 필요 없는 평온한 마음이, 어쩔 수 없이 부럽고 화가 난다.

여자에게는 허용 기준이 지나치게 좁고 세세하다. 키가 크면 여자치고 너무 크다 하고, 작으면 또 작다고, 가슴이 크면 성희롱에 노골적인 시선에 가슴 축소 수술을 생각하게 만들고, 가슴이 작으면 역시 성희롱에 자기비하에 가슴 확대 수술을 생각하게 만드니까. 거기에 모양은 뭐 물방울이어야 하고 성기는 또 분홍색이어야 하고 조여야 하고…… 강남의 길거리와 지하철역마다 빼곡한 성형외과

광고들을 볼 때마다 속이 갑갑하고 불쾌하다. 획일화된 미의 기준이, 쓸데없이 정밀하고 가학적이기까지 한 기준이 누구를 위한 건지 되새겨주는 문구들.

벗어나고 싶다. 간절히 벗어나고 싶다. 텔레비전에서 다양한 크기와 모양의 몸을 보고 싶다. 어느 순간부터 나는 오로지 이목구비만을 보고 칭찬하거나 경외하지 않기로 했다. 큰 눈, 오뚝한 코, 도톰한 입술, 희고 깨끗한 피부, 계란형의 얼굴을 아름답다고 찬양하지 않으려 한다. 자연스럽게 와, 예쁘다……는 생각이 들더라도 내가 보고 싶은 몸들을 위해서는 지금 기준에 힘을 싣는 일을 그만해야 할 것 같아서 그렇다. 반응하지 않다 보면 무뎌질 때가 오지 않을까? 그렇다면 내 몸을 바라보는 시선도 내가 만들고 내가 믿는 내 것이 될 수 있겠지.

불편한 신발은
신지 않아

다시는 만나고 싶지 않은 옛날 애인을 우연히 마주치는 것만큼 거북한 일이 또 있을까? 그러나 같은 생활 반경을 가졌다면 피하기 어려운 일이다. 가까이 있는 사람에게 호감을 느끼고 연애를 하는 일은 곧잘 생기는데 언제나 그다음이 문제다. 곤란할 일은 어김없이 일어나니까.

꼭 생활 반경이 같아서 그를 만난 걸 후회하는 건 아니고, 우리는 애초에 시작하지 말았어야 하는 관계였다. "그 애는 네가 좋은 게 아니라, 여자친구를 사귄다는 게 좋은 거야"라고 날카로운 눈빛으로 충고한 사람이 있었는데, 나는 속으로 깜짝 놀랐다. 말한 사람은 몰랐겠지만 그 말은 완벽한 진실이었다. 주어를 나로 바꾸기만 하면.

그가 어떤 생각이었는지는 모르겠다. 다만 내 이야기를 하자면, 애인이 있다는 상태를 원했고 연애를 해보고 싶어 마음이 바빴다. 원하는 사람은 생기지 않고 있었다. 그때 그를 알게 됐다. 좋아하지 않으면서 연애하기에 적절한 상대 같은 건 없겠지만 그는 그중에서도 마땅한 상대가 아니라고 어렴풋이 느끼면서도 어느샌가 '썸 타는' 사이가 되어 있었다. 왠지 모를 찜찜함에 미적거리는 사이 시간이 흘러버려, 이런, 썸을 너무 오래 타버렸다…… 하는 기묘한 죄책감에 그만 그와 사귀어 버렸다. 그런 시작은 틀림없이 불행한 결말을 가져올 뿐이라는 걸 몰랐거나 알아도 모른 체했다.

타당한 수순으로 그와의 관계는 오래가지 못했다. 끝을 맺는 걸 심각하게 어려워하는 타입이지만 그와의 끝은 혼란스러울 정도로 쉬웠다. 헤어지고 몇 주쯤 지나 그를 마주쳤을 때, 까마득한 과거의 사람처럼 느껴질 만큼 개운한 이별이었다.

"뭐야, 왜 그런 신발을 신었어?"

나를 보자마자 그가 물었다. 나는 안 들릴 정도로 작게 한숨과 안도감을 함께 내뱉었다. 이런 말을 하는 사람하고 어떻게 사귈 생각을 했지? 우리의 이별은 예정되어 있었던 거야.

무슨 뜻인지는 알았다. 그와 교제할 때까지만 해도 나는 굽 있는 구두를 신었다. 굳이 말하자면 하이힐보다는 미들힐 정도라 할 수 있는, 하이힐보다 낮고 스틸레토 힐보다 뭉툭하지만 어쨌든 오륙 센티미터쯤 되는 굽이 달린 구두였다. 성인이 된 이후로는 내내 그걸 신고 걷고 뛰고 계단을 오르내렸다.

불편한 줄 몰랐다. 그렇다면 계속 신으면 그만이겠지만 불편함을 몰라도 불편한 건 불편한 것이다. 그러니까 구두를 신고 자갈길을 걸으면 당연히 불편하다. 구멍이 송송 뚫린 도로 위 환기구를 걷는 것도 불편하다. 얇은 굽이 걷다가 바닥에 끼면 불편하다. 그렇지만 조심해서 걸어야겠다거나 길을 왜 이렇게 만들었어, 정도에서 그칠 뿐, 근본적으로 내가 신는 구두를 바꿔야겠다는 생각까지는 닿지 못했다. 피상적인 문제만 인식할 뿐 본질적인 문제에는 의문을 제기하지 못하는 상태였던 것.

그렇지만 불과 몇 주 만에 나는 변해버린 것이다. 그를 다시 만났을 때 나는 마치 땅바닥에 붙어있는 것만 같은, 밑창이 고무 재질로 되어 있어서 세상 편안한, 누가 봐도 멋보다는 실용에 초점을 둔, 그런 갈색 로퍼를 신고 있었다.

"······이게 편해."

그는 아무 말도 하지 않았다. 이해해서라기보다는 이해할 수 없어서 입을 다문 것 같았다.

그건 마치 우리 관계에 관한 대화처럼 느껴졌다. 나는 이게 편해. 너와 함께 있지 않은 지금 내 모습이 편안해. 더 이상 불편한 사람과 관계를 이어가지 않아. 맞지 않는 사람과 함께하려고 내 모습을 부러 꾸미지도 않아. 내가 좋아하고 편안한 걸 찾을 거야. 너와 함께일 때의 나는 없어. 나는 달라졌어. 그러니까 잘 가, 미들힐. 잘 가, 너.

나와 맞지 않는 사람을 만나면서 생각지도 못하게 내가 또렷해졌다. 신기한 경험이었다. 그전까지는 내가 원하는 게 뭔지, 뭘 원하긴 하는 건지, 모든 게 애매모호하고 흐릿했는데 원하지 않는 상대와 함께하면서 내가 좋아하고 싫어하는 걸 알게 되다니.

안 그래도 된다는데 굳이 우겨서 집까지 바래다주고는 "너는 내가 데려다주는 걸 영광으로 알아야 돼" 같은 말을 하는 사람에게 질색한다는 걸 알게 되었다. 긴가민가한 사람은 절대로 기가 아니고, 내가 이 사람을 좋아하는지 아닌지 고민하게 되는 사람은 분명코 좋아하는 게 아니라는 것도 알았다. 연애를 위한 연애란 아무 쓸모가 없다는 깨달음도 함께. 그와 멀어지려다 보니 나와 조금 더 가까워진 기분이다.

너와 만난 덕분에 나를 더 알게 되었고 내가 좋아하는 것들도 알게 되었어. 네가 신발에 관해 물어오는 바람에 내가 안다는 걸 또 알게 되고, 그렇게 다 알게 되었어. 신기하지, 나는 너에게 전혀 영향을 받지 않았다고 생각했는데 돌아보니 네 덕분에 알게 된 게 많더라. 지금 카페에 앉아 이 글을 쓰는 나는 운동화를 신고 화장도 안 하고 심지어 고무밴딩 바지를 입고 있는데 너는 내가 왜 '이런' 모습인지 궁금해할까? 지금 너는 어떤 사람일까? 아니, 실은 궁금하지 않아. 나는 늘 미련이 많은 사람이라고 생각해왔는데 이렇게 단호해질 수 있다는 것도 덕분에 또 하나 알게 됐네.

나와 맞지 않는 사람을 만나면서 생각지도 못하게 내가 또렷해졌다.
신기한 경험이었다. 그전까지는 내가 원하는 게 뭔지, 뭘 원하긴 하
는 건지, 모든 게 애매모호하고 흐릿했는데 원하지 않는 상대와 함
께하면서 내가 좋아하고 싫어하는 걸 알게 되다니.

불편한 옷은
입지 않아

　브라 없이 입을 수 있는 상의, 밥 먹을 때 버클을 풀지 않아도 되는 바지를 입는다. 팔을 들어 올리기 어려운 옷, 몸통을 옥죄는 옷, 간신히 지퍼를 올리는 옷은 더 이상 입지 않는다.

　예전에는 무조건 가장 작은 사이즈를 샀다. 체구가 작은 편이라 조금이라도 큰 옷을 입으면 남의 옷 빌려 입은 것처럼 보일까 봐 싫었다. 작은 옷을 입는다는 건 날씬하다는 뜻이니 그래야 한다고 생각했을지도 모른다. 이제는 미디움도 입고 라지도 입고 남자 옷도 입는다. 사이즈보다 내 몸에 편안한 게 우선이다. 그러고 보면 엑스스몰 사이즈 옷을 입고 편안했던 적이 있었나.

옷을 좋아한다. 옷은 내게 중요한 무엇이었고 입고 싶은 옷을 입는 게 즐거웠다. 옷은 나를 표현하는 수단이라고 생각했고 그건 여전히 그렇다. 패션으로 나의 정체성과 개성, 취향을 드러낼 수 있으니. 문제는 '괜찮은' 선택지가 무엇인가다. 헐렁한 후리스, 펑퍼짐한 면바지, 편안한 운동화, 실용적인 백팩이 매력적인 여성의 패션이 될 가능성은 동일한 코디로 매력적인 남성이 될 가능성보다 현저히 낮다. 매력적인 남성 코디의 선택지에는 성기 염증을 일으키는 스키니진, 가슴골이 보이되 브라는 보이지 않을 만큼 파인 블라우스, 배꼽이 드러나는 크롭 티셔츠, 배꼽부터 발가락 끝까지 압박하면서 신발 안에서 자꾸 미끄러지는 스타킹 같은 게 존재하지 않는다. 멋진 남성복은 가끔 불편하고 멋진 여성복은 가끔 편안하다.

멋을 내고 싶은 모든 남성이 편안한 옷을 입는다는 게 아니라 여성과 남성에게 서로 다른 스펙트럼이 주어진다는 것이다. 멋지게 입고 싶은 여성과 멋지게 입고 싶은 남성 앞에 주어지는 옷의 편안함 정도가 다르다는 것이다. 여성에게는 신체 편의성을 고려하지 않은 디자인이 더 많이 주어진다. 상의는 움직임에 따라 배나 허리가 쉽게 드러나고 하의는 더 조이기 마련이다. 몸통을 압박하는 블라우스의

지퍼를 올리기 위해 다이어트를 결심하고 바지에 다리가 들어가지 않는 '굴욕'을 맛본다. 디자인이 예뻐서 산 치마의 길이가 너무 짧아 지하철에 앉을 때는 가방으로 다리를 가리게 되고 조금만 덜 파이게 옷을 만들면 좋을 텐데 허리를 굽히면 안이 훤히 들여다보여 또다시 속옷을 챙겨 입어야 한다. 여성의 옷은 가슴이든 겨드랑이든 팬티든 노출이 잘되도록 만들어놓고 동시에 여성의 몸은 노출되지 말아야 한다는 사회 규범의 압박으로 여성이 자꾸 옷매무새를 다듬고 가리고 덧입게 만든다. 노출을 아예 안 하면 꽉 막히고 재미없는 여자가 되고 노출을 너무 많이 하면 발랑 까진 헤픈 여자가 되니 적당히 몸을 드러낸 후 너무 드러나지는 않도록 조심해야 하는 외줄타기 상황에 놓인다.

왜 예쁜 옷은 불편할까? 모델, 연예인, 마네킹은 왜 죄다 불편한 옷을 입고 있으며 유독 여자 옷은 몸의 편안함 따위는 신경 쓰지 않은 패션이 유행하는 건지 불만스럽다. 여자 몸을 일상적으로 생활하고 기능하는 몸으로 여긴다면 우리 앞에 주어지는 패션의 선택지도 달라질 것이다.

가장 가느다란 부분을 밖으로 보이게 하라는 패션 팁을 귀담아듣곤 했다. 키작녀의 코디법 같은 콘텐츠도 눈여겨보았다. 최대한 날씬해 보이고 섹시해 보이길 원했다. 다른 사람들에게 매력적이라는 평가를 받고 인기가 많아지기를 바랐다. 그러나 이제는 아무리 예쁘더라도 불편해 보이는 옷차림은 예쁘다는 감상을 느끼기 전에 불편하겠다는 감상이 먼저 떠오르고 만다. 불편한 옷을 입었을 때의 느낌을 너무 잘 알기 때문에 이미 내가 그 옷을 입고 있는 듯이 생생하게 느껴진다. 몸을 옥죄는 옷은 내게 억압과 차별을 연상시킨다. 불편한 옷을 입는 선택지가 더 쉽게 주어지는 여성의 지위를 떠오르게 한다. 이 옷을 입음으로써 내가 나타내려고 하는 여성스러움, 예쁨, 아름다움, 멋짐이 누구의 시선인지를 생각하게 만든다. 옷은 더 이상 단순히 몸에 걸치는 무엇만이 아니다. 일상의 정치가 되었다.

그렇지만 나의 정치는 언제나 흔들리며 간다. 실용과 편안을 중점에 두고 패션을 선택하더라도 멋지고 싶은 욕망 또한 존재하는 게 사실이다. 편안한 옷을 반복해서 집어 들다가도 어느 날엔 좀 갑갑해도 멋진 옷을 입어볼까 싶다. 길거리 쇼윈도에 걸린 옷에 눈길이 간다. 나는 언제 옷에서 자유로워지려나 싶다가도 입고 싶은 옷을 입는 게 자유 아닌가 싶기도 하다.

옷가게에 들어서면 가슴이 슬며시 흥분으로 차오른다.

환경을 위해서라도 새 옷 사는 걸 자제하고 지금 있는 옷들로 몇 년은 거뜬히 지낼 수 있다고 생각하면서도 눈동자는 새로운 옷들을 탐색하느라 바쁘다. 비슷한 옷은 있지만 정확히 이런 옷은 없기 때문에 옷을 집어보고 거울에 대보고 만져보고 가격표를 뒤집어본다. 옷가게는 또 왜 그리 많은지. 시즌별로 새 옷을 사는 분위기도 있다. 그러니 우리는 옷은 많아도 입을 옷이 없다는 느낌을 매일 받는 것 아닐까? 내 옷장에는 어제 길거리에서 봤던, 아까 인터넷에서 봤던 새 옷이 없으니까.

얼마 전, 할리우드 스타인 제인 폰다가 자신은 더 이상 새 옷을 사지 않겠다며 환경 보호를 촉구하는 목소리를 냈다. 선언을 하는 인터뷰 표지의 제인 폰다는 너무 멋진 옷을 입고 있어서 (제인 폰다가 입어서 멋있는 것일 수도 있다) 저런 옷을 갖고 있다면 나도 새 옷을 사지 않을 수 있을 거라고 생각했다. 사실이 아니다. 옷가게에서 '이건 내 거야'를 외치며 나를 끌어당겼던 옷은 집에 돌아와 옷장에 거는 순간 절반쯤 빛을 잃는다. 몇 번 입다 보면 어느덧 세상 눈부시던 빛은 사라지고 또다시 새로운 옷이 형언할 수 없이 강렬한 빛을 쇼윈도 밖으로 내뿜는 경험을 안 한 게 아니다. 내가 제인 폰다의 옷장을 갖고 있고 설사 그 옷장이 온갖

명품으로 채워져 있더라도 새 옷을 사지 않겠다는 결심이 쉬웠을 리 없다. 제인 폰다의 용감하고 옳은 선언에 관해 이야기하자, 내가 항상 동의할 수밖에 없는 의견을 내는 사람이 말했다. "매일 똑같은 옷을 입는 게 멋지고 쿨한 일이 되면 좋겠네요." 그렇지, 멋짐을 포기할 수는 없으니까.

노브라를 향한
여정

겨울은 노브라를 시도하기 좋은 계절이다. 날이 추워질 수록 옷이 두꺼워지고 여러 개를 껴입으니까 가슴을 받치고 고정시켜야 하는 기능적인 이유나 상황이 없다면 부담 없이 브라를 벗어볼 수 있다. 계절과 더불어 또 다른 도움으로는 패션계의 유행이 있다. 최근 유행이라 하면 뭐니 뭐니 해도 루즈핏을 빼놓을 수 없을 것이다. 옷이 벙벙해지고 커졌다. 덕분에 몸통은 옷 안에서 숨 쉴 공간이 좀 더 넓어졌을 뿐만 아니라 드러나는 가슴의 존재감도 작아졌다. 게다가 요새는 경량 패딩조끼가 흔해졌는데 그것 아래서도 존재감을 뽐낼 수 있는 유두는 흔치 않을 것 같다. 노브라에 대한 심리적 장벽을 한 꺼풀 벗겨내 줄 수 있는 아이템

들이 찾아보면 꽤 있다.

내가 노브라를 시도하게 된 계기를 되짚어본다. 실용인
가 이념인가. 노브라가 내 몸에 선사한 편안함이 압도적으
로 커서 실용적인 이유라고 착각하기 쉽지만 그렇지 않다.
애초에 유방 크기, 신체 구조, 격한 운동 등 브라가 필요할
이유가 없었던 사람으로 만약 실용을 위해서라면 노브라
라는 개념을 알게 되었을 때 바로 벗어던졌어야 하니까. 하
지만 나는 여자가 브라를 하지 않아도 된다는, 이 사회의
암묵적이고 강력한 규칙에 배반되는 깜짝 놀랄 만한 사실
을 알았을 때조차 무심히 넘겨버릴 뿐, 나에게 적용하지 못
했다.

몇 년 전, 나의 친구들이 〈노 브라블럼(No brablem; 노 브
라No bra와 노 프라블럼No problem의 합성어로 브라를 하지 않아도
아무 문제 없다는 뜻)〉이라는 제목으로 다큐멘터리를 찍고
공영방송에서 상을 받았다. 나는 친구의 작품을 보며 즐거
워하고 수상에 기뻐했지만 주제 자체를 색다르게 여기지는
않았다. 노브라는 익숙한 주제라고 생각했다. 알지 알지, 노
브라 알지. 돌아보면 참 이상한 일이다. 그때껏 나는 노브
라로 다녀본 적이 없었는데 단지 용어와 개념을 안다는 이

유로 실천에 가까이 가보지도 않은 채 이미 익숙하다고 생각한 것이다. 왜 주류 가치를 배반하는 사고방식은 바로 그 일이 눈앞에서 벌어지고 있어도 뇌에 새기지 못하고 쉽게 흘려버리게 되는지.

그럼, 그럴 수 있지. 당연히 원하면 노브라 할 수 있어야지. 근데, 나는 아니야.

같이 살 사람을 내 마음대로 고르고 나서 남편과 함께 밤마다 산책을 다녔다. 편의점에서 아이스크림을 하나씩 사 먹는 가벼운 산책일 때도 있었고 집 근처 하천을 따라 한 시간쯤 걷는 묵직한 산책일 때도 있었다.

밤 산책이 반복되며 브라 없이 집 밖을 나서보기 시작했다. 깜깜한 데다 지나다니는 사람도 별로 없고 게다가 트레이닝복이나 후리스를 입으면 유두가 별로 드러나지도 않았다. 하지만 밤 산책이 절대적인 요인이라고 말할 수 없는 건 겨울이든 여름이든 집 앞 슈퍼행이든 친구 집 방문이든 아무 의문 없이 무조건 브라를 입는 삶을 살아왔기 때문이다. 그러니까 친밀한 사람과 밤 산책을 안 해본 것은 아니라는 말이다. 그런데 왜 하필 결혼 후 남편과 함께 밤 산책을 하면서 노브라를 시작하게 된 걸까?

불특정 다수에게 잘 보여야 한다는 생각을 멈춘 걸까? 내가 성적으로 보여야 할 대상이 단 한 명으로 정해졌기 때문일까? 그렇다면 브라는 역시 내가 누군가에게 잘 보이고 성적 매력을 어필하기 위해 한 것이었나?

나 자신을 위해서는 아니었던 것 같다. 브라가 가슴을 처지지 않게 하기 위한 거라고 세뇌되어 왔지만 사실, 가슴이 좀 처지면 어떤가. 나이가 들면서 가슴이 처지는 건 자연스러운 일이다. 얼굴에 주름이 생기고 살에 탄력이 떨어지고 흰머리가 나는 것과 마찬가지다. 가끔 아쉽거나 아련해지기는 하지만 별다를 것 없이 받아들이는 여러 노화 증상과 같은 것이다. 가슴에만 유난을 떨 이유는 없다.

학창 시절 친구는 잘 때도 브라를 하고 잔다고 했다. 나는 집에 들어오자마자 제일 먼저 하는 일이 브라를 벗던지는 것이었는데 친구는 브라를 벗지 않았다. 익숙해졌기 때문에 불편하지도 않다고 했다. 그렇게 늘 브라를 하고 있어야 가슴 모양을 잡아준다고 덧붙였다. 나는 친구를 좋아했고 친구가 똑똑하다고 생각했고 친구의 양육자가 의사였기 때문에 맞는 말이겠거니 싶었지만 살짝 충격은 받았다. 진짜인지 모르겠지만 설사 친구 말대로 브라를 하고 자면 가슴 모양을 잘 잡아주는 게 사실이라 하더라도 정말 그렇게까지 해야 하는지 희미한 의문을 지우지 못했다.

페미니즘을 접하고 나서 모든 게 부자연스럽게 보였다. 왜 남자 유두는 보여도 되고 여자 유두는 안 되는지 이상하게 느껴졌고, 여성의 몸에 아무런 효용도 없으면서 그저 족쇄가 된 브라와 코르셋의 역사를 알게 됐다. 그러자 브라가 명치를 압박해 소화가 안 되던 것, 어깨를 짓눌러 승모근이 뻐근하던 것, 여름이면 땀이 흥건하게 차서 브라가 닿은 부분에만 두드러기가 올라오던 것, 혹시 브라가 옷 위로 비칠까 봐 티셔츠나 블라우스를 고를 때 고심하던 것들이 드디어 생각나기 시작했다.

한번 알고 나면 주르륵 연결되는 것들이 바로 그 특정 지점을 만나지 않는 한 수면 아래에 가라앉아 있다는 게 새삼 재미있다. 나는 앞으로 또 얼마나 많은 새로운 것들을 알게 될까? 하지만 새롭게 알았다고 해서 그전까지와 완전히 다르게 행동을 바꾸는 건 또 다른 문제다.

여전히 외출이나 공적인 자리에 갈 때는 브라를 했다. 브라를 하는 게 기본이고 가끔 특수한 경우에만 브라를 안 해 보는 식이었다. 그러다 결정적인 계기가 왔으니, 바로 영어 학원 매일반을 다니기 시작한 것이다.

집, 학원, 도서관을 오가는 하루를 보내다 보면 브라는 거추장스럽기만 할 뿐이다. 학원에 다니는 몇 달 동안 나는 노브라를 유지했고 브라를 하고 살았던 십여 년의 시간이 무색하게 나는 노브라에 완벽하게 적응해버렸다. 브라는 아무리 오래 하고 다녀도 '한다'라는 개념에 적응할 뿐, '하고 있다'라는 상태에 적응한 적은 없었는데 말이다.

뽕과 철사가 든 브라들을 버리고 브라렛을 샀다. 사람들이 대안으로 제시하는, 편안한 브라라고 했다. 하지만 고무줄로 명치께를 압박하는 건 여전했고 내 몸은 더 이상 그걸 견딜 수 없었다. 인터넷 검색 끝에 옷과의 마찰에 의해 스스로 옷에 붙어있는 브라를 찾아냈다. 명치와 등허리를 죄어오지 않는 물건이었다. 그러나 그마저도 완벽하지는 않았으니, 몸에 밀착되는 옷에서만 기능할 수 있었다. 입을 수 있는 옷이 한정되었고 밀착되는 옷을 입는 것 자체가 편안하지 않았다. 비슷하게 패드가 붙어있는 '노브라 티'를 사보기도 했지만 가슴 앞에서 패드가 걸리적거리는 게 달갑지 않았다. 역시 가장 편한 브라는 노브라구나. 한번 벗으니 다시는 브라의 세계로 돌아갈 수가 없다. 내 몸이 자유의 달콤함을 맛보고 말았다.

얼마 전 운동복을 구매했더니 브라캡이 내장되어 있었

다. 달리기나 격렬한 운동을 위한 기능성 의상이라 그대로 입었는데 거울 속 내 모습이 어색하다. 가슴에 동그란 것이 뽈록 솟아있는 게 영 적응이 안 된다. 왜 굳이 이런 둥그스름한 모양을 만들어내야 하는지 새삼 납득이 되지 않는 기분이다. 그러니까 기능성과 관계없이 브라를 한 가슴의 모양이, 거진 삼십 년간 자연스럽게 받아들여 왔던 모습이 이제는 인위적으로 보이기 시작한 것이다. 과거의 나는 브라를 하지 않고는 집 앞 슈퍼도 못 가는 사람이었는데 지금의 나는 완전히 다른 세계에 들어왔다. 긴 과정이었지만 그리어렵지 않았다. 세상의 좋은 일들은 모두 노력을 들여야 하는 쪽이었는데 이리 쉽게 좋은 걸 획득할 수 있다니.

누군가는 더 나아간 의문을 제기한다. 브라를 하지 않은 가슴이 자연스러운 상태의 가슴인데 노브라라는 단어에는 브라를 하는 게 기본이라는 전제가 깔린 것이 아닌가 하고 말이다. 자연스러운 상태를 자연스럽다 인식하지 못하고 특이한 일인 것처럼 노브라라는 단어를 만들어 붙인다. 오히려 브라를 한 상태가 부자연스러운 것으로 이름을 붙여야 한다는 생각에 유브라라고 부르기도 한다. 매우 타당한 의견이다. 브라가 없다면 노브라라는 말도 태어나지 않았을 운명이다.

여름에는 티셔츠 위에 조끼를 받쳐 입거나 유두가 드러나지 않는 디자인의 옷을 찾아 입는다. 옷을 구매할 때 노브라로 입을 수 있는지를 가장 우선 하는 기준으로 본다. 의외로 선택지가 꽤 되지만 유두가 드러나는 것 자체를 개의치 않을 수 없다는 게 아무래도 아쉽다. 잘못된 것은 내 유두의 존재가 아니라 남의 유두에 집요하게 꽂히는 시선일 텐데 말이다.

한번 알고 나면 주르륵 연결되는 것들이 바로 그 특정 지점을 만나지 않는 한 수면 아래에 가라앉아 있다는 게 새삼 재미있다. 나는 앞으로 또 얼마나 많은 새로운 것들을 알게 될까? 하지만 새롭게 알았다고 해서 그전까지와 완전히 다르게 행동을 바꾸는 건 또 다른 문제다.

섹슈얼리티와
유륜털

원고 청탁을 받았다. 초보 작가였던 나는(초보 작가인 나
라고 써야 하는 것 아닐까 잠시 고민하다 과거 이야기니 과거형으
로 쓰자고 간단히 넘겨버렸다. 그런데 초보 운전 스티커는 언제 떼
는 거지?) 청탁이 온 것만으로 신나서 뭐든지 쓸 생각으로
메일을 읽어나가다 순간 멈칫했다. 한국 사회에서 여성으
로 살아가며 섹슈얼리티에 관하여 겪는 일과 갖게 되는 생
각 따위를 써야 하는 주제. 하필이면 가장 자신 없는, 마지
막의 마지막에라도 피하고 싶은 주제였다. 내게 이야깃거
리가 있을지 모르겠다. 섹슈얼리티에 그다지 관심을 두지
않고 살아왔기에 나와는 거리가 멀다고 생각했다.

사실 여성으로 태어난 이상 섹슈얼리티는 떼어 내려 해

도 도무지 떼어지지 않는 끈적이와 같다. 아무 상관 없이 살고 싶은데 세상이 나를 그렇게 내버려 두지 않는다. 그렇지만 나는 섹슈얼리티에 관해 생각하고 이야기하는 것이 아마도 불편했던 것 같다. 거리가 멀다고 여긴 건 실제로 그래서가 아니라 일부러 관심을 두지 않았기 때문이고, 관심을 두지 않은 건 수면 아래 깊이 가라앉아 있는 불편함 때문이었다.

아무리 친밀한 친구들과의 대화라도 섹슈얼리티라는 주제가 테이블 위로 올라오는 일은 드물었다. 연애에 관해 열띤 토론을 벌일 때조차 섹슈얼리티에 관한 내용은 두루뭉술하게 넘어갔다. 아무래도 이건 쉬쉬하는 주제다. 어쩌면 여성에게 더욱. 여성의 성은 워낙 '비밀스럽고 은밀한' 것이라서 당사자에게마저도 감춰지는 것 같다. 나는 섹슈얼리티에 관해 무엇을 고민하고 생각해봐야 하는 걸까? 이 주제에 있어서만큼은 나는 만년 초보나 마찬가지다. 어디서 어떻게 시작해야 할지 아무것도 알지 못한다.

원고 청탁을 반려한 후, 시간이 흐르면서 나는 차츰 결정을 후회하기 시작했다. 쓸 말이 없다고 생각해도 일단 써볼 수 있는 걸 고민하고, 뭐라도 써보며 시도해볼걸. 이어서는 쓰고 싶은 이야기가 떠올라서 후회했다.

가장 먼저 떠올린 주제는 엉뚱하게도 가슴 털이었다. 정확히는 유륜에 난 털이니 유륜털이라 부르겠다. 어쩐 일인지 반려한 청탁 주제를 생각할수록 나는 유륜털을 발견한 때를 떠올렸다.

정확한 명칭도 들어본 적 없는 이 털의 존재를 발견하고 처음 든 감정은 당황스러움이었다. 분명 이십 대 초반까지는 존재하지 않았는데 어느 순간, 그러니까 대체로 성장이 끝났다고 여겨지는 시기에 빼꼼 존재를 드러낸 녀석이었다. 대체 왜 여기에 털이 필요한지 모르겠다. 그렇지만 어쨌든 내 몸에서 일어나는 일이다. 거부할 수는 없지만 제거할 수는 있다. 보이는 족족 뽑았고 그런지 몇 년이 지났다. 그들은 제대로 성장해볼 기회조차 얻지 못했고 그로 인한 억하심정 때문인지 끝없이 새로 자라났다. 눈썹을 다듬어본 사람이라면 알 것이다. 눈썹 끝을 자르면 눈썹은 금세 자란다. 내가 설정해놓은 눈썹 선보다 길어지면 자르고, 또 길어지고, 또 자르는 일을 꾸준하게 적어도 일주일에 한두 번은 해 주어야 한다. 그런데 내버려 두면 무슨 일이 일어날까? 일정 길이까지 자라난 후 털은 성장을 멈춘 듯이 보인다. 자기들이 스스로 설정한 선에 다다르면 더 이상 길어지지 않는다. 자르거나 뽑으면 기를 쓰고 자라나는데 내버려 두면 평화롭게 존재한다. 신경을 끄면 신경 쓸 필요가 없어 진다. 그저 있을 자리에 있을 뿐이다.

거기서 힌트를 얻은 데다 관리하기도 귀찮아졌다. 처음 에는 남편이 나의 유륜털을 본다는 게 신경 쓰였지만 생각 해보면 남편도 유륜털이 꽤 있다. 그게 이상하다고 느낀 적 은 없는데. 남성에게는 자연스러운 존재가 왜 여성의 몸으 로 오면 마치 있어서는 안 될, 더러운 무언가처럼 되어버려 기를 쓰고 없애야만 하는 걸까? 여성에게도 당연히 털이 있는데. 용납되는 털이 있고 안 되는 털이 있다. 그런데 대 체 누가 내 몸에 털이 있어야 하는지 없어야 하는지를 감히 용납하고 말고 하는 걸까? 이제는 내가 그것을 용납하지 않아야겠다. 내 몸에서 일어나는 일은 내가 결정할 것이고 내 몸의 관리는 내게 맡기시라.

그래서 내버려 둬봤다. 태어나서 한 번도 해보지 않은 유 륜털 기르기, 아니 내버려 두기. 늘 자르고 뽑고 하느라 만 지면 따끔했던 날카로운 털끝이 부드러운 털의 느낌으로 바뀌어 갔다. 그들은 생각보다 빨리 성장을 멈추었다. 적절 히 자라난 후로는 자연스럽게 자리를 잡았고 상상만큼 보 기 싫지도 혐오스럽지도 않다. 처음에는 적응 기간이 필요했던 게 사실이다. 샤워하고 나와 로션을 바르고 머리를 말리면서 시선은 내내 유두에 꽂혔다. 있으면 안 될 것이 있으면 안 될 곳에 있는 어색한 느낌. 그러나 털은 그저 몸의 일부일 뿐이고 털을 혐오스럽게 바라보도록 만든 시선이 문제지, 털은 문제가 없으니까 얼마 안 가 적응했다.

비단 유륜털만이 아니라 팔다리에, 겨드랑이에, 손가락과 손등에, 인중에 여자는 털이 없는 척해야 한다. 털만이 아니라, 유두가 있는데도 없는 척해야 하고 월경을 하는데도 티 내면 안 된다. 없는 것처럼 하는 시도도 없는 척해야 한다. 학창 시절에 이런 불만이 있었다. 내가 브라 입고 생리하는 거 모르는 사람 있어? 근데 왜 나는 브라가 교복 위에 절대로 비치지 않게 해야 하고 생리와 생리대라는 단어를 입에도 올리지 못해야 하지? 편의점에서 산 생리대는 대체 왜 검은 비닐봉지에 넣어야 하는지, 어째서 과자를 들고 가는 것과 다른 취급을 받아야 하는지, 더러운 일도 창피한 일도 아니고 자연스러운 일일 뿐인데. 어깨 위에서 브라끈이 옷 밖으로 삐져나올 때마다 기겁하고 넣어주는 친구들이 문제가 아니라, 우리를 단속하도록 만드는 어떤 힘이 문제다. 생리라고 말하지 않고 "그날이야?", "그거 있어?", "마법에 걸려서"라고 말하게 만드는 그 힘 말이다. 나는 그게 싫어 꼬박꼬박 생리, 생리대라 발음하고, 브라끈이 보인다고 알려주는 누군가에게 "응, 뭐 어때?"라며 어깨를 으쓱했지만, 그렇다고 많은 걸 바꿀 수 있던 건 아니다. 그때는 할 수 있는 말이 "뭐 어때?" 밖에 없었지만 이제는 훨씬 더 많아졌다는 점에서 다행이다.

섹슈얼리티에 관해 할 말이 아무것도 없을 거라 여겼지만 이제는 하고 싶은 말이 하나씩 생기기 시작한다. 왜 생각하고 말하기를 억누르고 있었을까 생각하기 시작한다. 나는 점점 더 할 말이 많아질 것 같다.

남성에게는 자연스러운 존재가 왜 여성의 몸으로 오면 마치 있어서는 안 될, 더러운 무언가처럼 되어버려 기를 쓰고 없애야만 하는 걸까? 여성에게도 당연히 털이 있는데. 용납되는 털이 있고 안 되는 털이 있다. 그런데 대체 누가 내 몸에 털이 있어야 하는지 없어야 하는지를 감히 용납하고 말고 하는 걸까?

3장

나의 세상에 초대할게,
여전히 서투르지만

포기할 수 없는 것을 위해
포기하기

　나와 친구들의 생물학적 시계가 째깍째깍 돌아가며 어느덧 결혼이라든가 임신, 출산의 소위 적령기라는 것에 들어서면서 우리는 종종 이야기를 나누었다. 한국 사회에서 임신과 출산이라는 과제가 떳떳하게 가시화되는 때는 결혼식을 통과한 이후기 때문에 결혼 전의 우리는 막연한 생각이나 두려움만 갖고 있을 뿐 눈앞에 맞닥뜨린 중대한 과제로 여기지 않았다. 그래서 아이를 갖고 싶어? 언제 낳고 싶어? 하는 물음을 친구들에게 던지기 시작한 것은 나 또한 결혼 이후였다.

　결혼과 임신을 따로 떼어 개별적 사건으로 다루는 선진적인 사고방식에 감명받은 후에는 결혼하지 않은 친구들에게도 같은 질문을 던졌는데, 역시 대답은 주로 막연했다. 파트너가 있더라도 임신보다는 결혼이 훨씬 더 급박하고 집중이 필요한 문제로 여겨졌고(결혼을 원하든 원하지 않든), 파트너가 없는 경우에는 더더욱 임신을 상상하기 어려웠다. 결혼한 친구들 쪽이야 아무래도 좀 더 가까운 일로 여기긴 하지만 각자 다른 사정과 생각을 갖고 있었다. 무엇보다 임신 여부나 시기에 있어서 당사자가 절대적인 결정권을 갖고 있다고 여겨지지 않는 문화에서 사는 여성으로서 우리의 대화는 쉽게 핵심으로 들어가지 못했다. 마음속 깊은 곳을 들여다보고 꺼내어놓기보다 주변 상황, 남편의 의견, 직장의 복지, 나이 압박 같은 환경적 요소들에 관한 우려로 나아가곤 했다.

어느 날, 임신을 계획하는 친구와 통화를 하고 있었다. 나는 아이를 갖는 것에 대해 열렬한 갈망이나 의지를 갖고 있지 않은 상태였다. 아이를 낳고 기르는 것에 대해 이야기하다 나는 문득 떠오른 생각을 말했다.

"살면서 나를 엄마라는 존재로 상상해본 적이 없는 것 같아."

말을 끝맺는 동시에 나는 나 자신에 대한 새로운 깨달음을 얻은 기분이었다. 그러고 보니 정말 그렇네, 하고.

사람이라면 누구나 복잡하고 모순되고 복합적인 생각을 하겠지만 임신, 출산, 양육에 있어서 내가 전반적으로 갖고 있는 생각, 일상을 살다가 문득 떠오르는 생각, 지나가는 아이를 보거나 친구의 양육기를 듣거나 양육자의 기쁨과 좌절에 관해서 들을 때 하는 생각들이야말로 그 분야의 세계 최고일지 모른다고 느낀다.

해보고 싶기도 해.

그렇지만 아무리 생각해도 나에게 맞지 않아.

막상 하면 적응할 거야.

고통스럽게 적응하겠지?

사랑하는 관계를 만들고 싶어.

잘할 자신 있어? 큰 행복과 큰 불행보다 잔잔한 평온을 원하는 사람이잖아, 책임에 숨이 막히는 사람이잖아.

그래, 나는 나를 알지…….

아이를 낳고 기르는 친구들을 보면 그들은 내가 절대로 가질 수 없는 소중한 것을 갖고 있다고 느낀다. 결국은 아프게 이별할 걸 알면서도 딸을 만나고 사랑을 나누는 시간을 선택하는 영화 〈컨택트(Arrival)〉의 주인공처럼, 자식과 함께한다는 인생의 가치를 누리고 있구나 싶은 것이다. 지금대로라면 나는 상상만 할 뿐, 내 것으로 만지고 겪어보지 못할 것을 이미 가졌구나 싶은 마음에 귀한 보물을 빼앗긴 것 마냥 헛헛해진다. 가졌다가 빼앗긴 것도 아니면서 원래부터 없던 것이 없다는 사실에 옆구리가 시린 것은 아마도 내가 그 삶을 선택할 수도 있었을 거라는 생각, 내 것이 되었을 수도 있다는 생각 때문일 것이다. 결혼하면 아이를 낳는 게 당연하고 자연스럽고 심지어 애국활동이 되는 나라에서 강제로 주입된 박탈감도 꽤 큰 지분을 차지할 것이다.

아이를 낳지 않고 늙어가는 삶은 어떤 모양인지, 어떤 기쁨과 슬픔이 있는지, 어떤 어려움과 수월함이 있는지, 하루가 어떻게 구성되는지, 누구와 어떤 관계를 맺게 되는지, 삶의 어떤 과제를 맞닥뜨리며 살게 되는지…… 롤모델이 부족한 탓도 있다. 자식을 키우고 돌보며 사는 삶은 고개만 돌리면 찾을 수 있지만 그렇지 않은 삶은 찾고 찾아도 한 줌뿐이다. 미지의 세계는 두렵다. 나의 엄마 아빠가 사십 대일 때, 오십 대, 육십 대일 때 어떤 하루를 보내고 무얼 걱정하고 무얼 신경 쓰고 무엇에 기뻐하고 살았는지 알 수 있지만 자식이 없는 나의 오십 대, 육십 대는 무엇으로 채워질지 잘 모른다.

한편으로는 지금과 비슷하지 않을까 생각해본다. 파트너가 있을 수도 있고 없을 수도 있지만, 지금 친구들이 그때까지 친구일 수도 아닐 수도 있지만, 그저 소수의 작지만 소중한 친구들이 있고 깊이 몰두하는 관계가 있다면 두려울 게 무얼까. 노후가 걱정된다면, 서로를 돌보는 관계를 만들고 유지하기 위해 지금부터 더 노력할 수 있다. 오히려 아이라는 존재가 나의 삶을 완전히 바꾸게 될 텐데. 결혼을 왜 하지 않느냐는 물음을 결혼을 왜 하기로 결정했는지로 바꾸는 게 더 적절한 것처럼, 아이를 왜 낳지 않냐고 묻는 대신 아이를 왜 낳기로 선택했는지 묻는 게 삶의 변화 측면에서 더 적합하지 않을까?

그래서 물어봤다. 그때 나는 한창 파트너와의 결혼과 그 이후의 삶에 대해 그림을 그려보고 있었고, 거기에서 가장 중요한 것은 나의 커리어와 꿈, 목표였다. 내게 중요한 것을 추구하는 데 있어 양육이라는 것은 걸림돌처럼 느껴졌다. 이 두려움은 내게 오래된 감정이었는데 이십 대 초반일 때도 나는, 서른다섯이 될 때까지 커리어에서 자리를 잡고 나름의 성공을 이루지 못하면 그 이후에는 노산이 될 수 있으니 아이를 입양하는 건 어떨까 하는 막연하고 단순한 생각을 하곤 했다. 그래서 나보다 경력이 오래된 여자 선배들과 만나는 자리에서 점점 커지고 있던 질문을 던진 것이다.

"아이를 낳겠다고 결정하신 이유가 있나요?"

순간 테이블에 있던 열댓 개의 눈동자가 내게로 쏠렸다. 눈동자들은 어리둥절했고 의아했고 묘하게 꾸짖는 것처럼 느껴졌다. 무례하고 부적절한 질문을 한 것 같은 분위기였다. 분명 나는 전혀 공격적이지 않은 억양으로 물었는데 그래도 그런 질문은 금기인 걸까? 아이를 낳지 않겠다고 결정한 이유를 물어도 과연 이럴까?

"음, 글쎄…… 심심해서였을 거야."

다행히도 질문받은 선배는 잠시 의외라는 표정을 지었지만 이내 입을 열었다. 선배 나름대로 이유를 생각해본 것 같았다.

"남편이랑 할 거는 다 했다는 느낌이었어. 놀 것도 다 놀았고, 딱히 할 게 없더라."

그때껏 들은 아이를 낳는 이유 중에서 가장 설득력 있는 답변이었다. 아이를 낳지 않으면 이기적이라느니 아이를 낳아야 어른이 된다느니 하는 말들은 전혀 내 마음을 움직일 수 없었다. 사실 이기적이라는 말을 들을 때마다 내 머릿속에는 물음표가 뜬다. 첫째는 사람이 인생의 방향을 선택할 때 기본적으로 자신을 위해야 하는 게 아닌가 하는 물음이다. 둘째는 아이를 낳는 게 이타적이라면 출산이 태어날 아이를 위해, 혹은 손주를 보고 기뻐할 조모부를 위해, 혹은 국가의 일꾼 수를 늘리기 위해 행하는 결정이라는 뜻인데, 그보다는 본인의 기쁨이나 보람 혹은 사회적 지위나 인정 또는 세상에 흔적을 남기고 싶은 욕구 등의 이유, 즉 자기 자신을 위한 선택인 경우가 대부분이지 않을까 하는 것이다. 그리고 마지막으로 아이를 낳지 않는 게 이기적이라면 그것이 바로 나 자신을 위해 더 나은 선택이라고 그들 스스로 알려주는 꼴 아닌가 싶은 생각에 이른다. 이쯤 되면 '아이를 낳지 않겠다고 하니 너는 정말 이기적이구나'라는 말이 더는 내게 아무런 타격도 줄 수 없게 되어버린다.

그렇지만 심심해서, 그러니까 삶의 강렬한 자극, 그게 기쁨이든 슬픔이든 환희든 절망이든 다채로운 감정을 느끼고, 파트너를 사랑하는 만큼 어쩌면 그 이상 혹은 아예 다른 종류의 강렬한 사랑을 주고받을 존재가 생겨 내 사랑의 총량을 가뿐히 늘려버리고, 타인에게 에너지를 어마어마하게 쏟는 몰입의 경험을 하기 위해서라면? 나는 격렬하게 흔들린다. 임신하는 순간부터 출산과 양육에 이르기까지 하나의 인간, 하나의 생명, 하나의 존재가 나에게 달려있다고 생각하면 부담감에 거의 기절할 것 같지만, 생존을 위한 의존이 나를 향한 사랑으로 바뀌어가는 걸 상상하면 누군가 심장을 꽉 쥐어짜는 것 같다. 내가 누구보다 사랑할 나의 아이가 나의 손을 꼭 붙잡고, 달려와 안기고, 기쁠 때 나를 소리쳐 부르고, 속상한 일을 털어놓는 상상을 하면 겪어보지도 못한 순간이 사무치게 그리워진다. 내 인생이 엄청나게 결핍되었다고 느낀다.

그렇다면 조카들이라면 어떨까? 나에게는 피를 나누거나 나누지 않은 소중한 조카들이 있다. 나는 나의 양육자와 얽힌 이모나 삼촌들이 내게 베푸는 관심이 그들 간의 관계에서 온다고 생각해왔다. 용돈을 주는 것은 나의 양육자에게 주는 거나 마찬가지고 나를 걱정하는 것은 곧 엄마나 아빠를 걱정하는 거라고 말이다. 그래서 그런 관심이나 마음에 조금 시큰둥한 태도를 유지해왔는데, 바로 그 이유로 나는 조카들을 사랑하게 되었다. 그러니까 내가 조카들에게 갖는 사랑은 내가 나의 동기나 친구들을 향한 마음과 일치한다. 물론 아직은 조카들이 자기들 나름의 개성과 취향과 가치를 형성하기 전이기 때문에 더욱 그럴 것이다. 조카들에 대한 마음은 그들의 엄마나 아빠에 대한 마음에서 시작되었고, 조카들이 커갈수록 내가 그들을 어떻게 사랑하게 될지 기쁜 마음으로 기대하고 있다.

친구의 아이는 친구만큼 내게 소중한 존재가 되었다. 나는 친구를 사랑하는 만큼, 정확히 그만큼 친구의 아이를 사랑하게 된다. 아이는 친구에게 중요한 존재이고 내가 친구를 중요하게 생각하는 만큼 친구의 아이도 나에게 중요해졌다. 나는 우리의 다음 세대, 내가 속한 세대의 자식 세대를 생각할 때 떠올리는 구체적인 아이들이 있다. 미래 세대를 위해 쓸 나의 에너지는 그들을 향할 것이다. 양육자만큼 깊이 있는 경험을 나누지는 못할 테지만 가능한 한 나는 그들의 인생을 지켜보고 싶고, 관여하고 싶고, 힘이 되어주고 싶다. 아이가 없는 아쉬움, 현재 가진 감정뿐만 아니라 미래에 느낄지도 모르는 아쉬움까지 가져와 미리 괴로워질 때면 나는 조카들을 떠올린다. 내게도 사랑할 아이들이 있다. 게다가 이모와 조카 간의 거리감이 나라는 인간에게 딱 맞을 가능성이 크다. 이웃의 고양이인 나비를 열흘쯤 집에서 돌보던 때를 떠올리면 말이다.

아파트 엘리베이터에 붙어있던 임시 보호 전단지를 보고 나와 남편은 흥분했다. 고양이를 키우는 건 먼 미래의 꿈이었다. 우리가 고양이를 키우는 게 잘 맞을지 알아볼 기회야! 나비와 사는 사람들이 해외여행을 떠나며 소정의 비용과 함께 용품들을 바리바리 싸 들고 나비를 맡겼다. 우리는 나비를 맞이하기 위해 분주히 움직였다. 노끈을 사서 책상다리마다 돌돌 감아 스크래처를 만들었고 혹시 일어날 불상사에 대비해 방수 매트리스 커버와 방수 베개 커버를 사서 세탁해놓고 고양이가 좋아할 만한 높이의 책장 칸들을 비웠으며 집을 구석구석 청소했다.

우리 집에 온 나비는 모든 고양이가 그렇듯 견딜 수 없이 귀엽고 바라만 보고 있어도 시간이 가는 존재였다. 경계심이 크지 않은지 금세 집을 돌아다녔다. 그런데 어떤 연유인지 나비는 우리의 발을 사냥했다. 걸어 다니거나 앉아있거나 누워있으면, 그러니까 언제나 발을 물려고 시도했다. 장난감을 흔들어도 그때뿐. 우리는 아픈 소리도 내보고 반응을 하지 않기도 했지만 소용없었다. 그리고 나비는 천식 비슷한 것을 앓고 있어서 숨을 그릉그릉 쉬었고 무엇보다 가장 괴로웠던 건 우리가 불을 끄고 침대에 누우면 쉼 없이 울었다. 방문을 열어도 놓고 닫아도 보고 불을 켜보고 밥을 줘보고 잘 자리를 여기저기 만들고 나비가 화장실에 다녀온 후에 잠자리에 들어도 보고 놀아줘도 봤지만, 며칠째 밤마다 우는 게 그치지 않았다. 불안한 것 같았고 어떤 욕구가 채워지지 않는 것 같았다. 당장 조치를 취해 주어야 할 것 같은 애처로운 울음소리가 밤새 이어져서 우리는 처음에 당황하다가 이런저런 시도를 해보다가 나비 주인에게도 마땅한 해결책을 듣지 못해 결국 귀마개를 끼고 잤다. 귀마개는 나비 울음소리를 절반쯤 줄여주었으나 우리는 며칠째 선잠에 들었다 깨었다 하며 흡사 밤을 새운 것이나 다름없는 상태가 이어졌다.

나비를 집에 혼자 두지 않으려 해왔는데 나는 그날만큼은 왠지 참지 못하고 남편이 귀가하기 두세 시간 전에 집을 나와버렸다. 집 근처를 무작정 걸었고 산책이 끝나갈 때쯤 점점 가까워지는 우리 집의 창문을 올려다보며 발걸음이 느려졌다. 지금 집 안에 있는 존재가 고양이가 아니라 신생아였다면, 이렇게 홀로 도망쳐 나오지는 못했겠지…… 생각하다가 내가 도망이라는 단어를 떠올린 것에 흠칫 놀랐다. 나는 내가 온전히 통제하지 못하는, 숨을 불편하게 쉬는 것 같아 걱정이 되는, 집에서 늘 양말을 신고 이불 속에 발을 넣고 있게 만드는, 총체적으로 내 마음을 불편하게 만드는 존재를 피해 도망 나온 것이다. 그걸 깨닫고 나자 더욱 숨이 조여왔다. 그 길로 지하철을 탔다. "오늘 밤은 도저히 나비와 같이 잘 수 없을 것 같아요. 하루만 본가에서 자고 갈게요." 남편에게 전화를 걸어 통보하고 이내 절망에 빠졌다. 돌봐야 하는 생명체에 대해 이 정도의 책임감밖에 발휘하지 못하는 자신에게 실망했다. 그리고 엄청난 두려움에 휩싸였다. 이런 내가…… 아이를…… 돌볼 수 있을까?

긴 하루를 마치고 집에 돌아오면 꼼짝도 하기 싫다. 저녁을 해 먹고 설거지를 마치고 나면 녹초가 되어 드러눕는다. 지금도 이렇게 힘든데 우리가 육아를 해낼 수 있을까? 남편과 나란히 누워 중얼거린다. 주말에 오롯이 우리를 위해 전시를 보고 궁을 산책하고 영화를 보고 들어오는 길에도 이따금 녹초가 된다. 왜 이렇게 피곤하죠? 라는 말을 입에 달고 산다. 아무런 제약 없이 카페에 있다가 지겨워지면 나오고, 배고픈 시간에 먹고, 집에 가고 싶어질 때 가는 자유가 있어도 이렇게 피곤한데 이런 우리가 아이를 키울 수 있을까, 강렬한 의문과 함께 안도한다. 아이가 없어서 다행이야. 역시 우리에게는 맞지 않아. 돈을 나 자신을 위해 쓰는게 좋고 아무 때나 훌쩍 떠날 수 있어 자유롭다.

유연성과 적응력과 순발력이 떨어지는 내게 육아는 보통 사람들이 느끼는 것보다 더 어렵고 힘든 일일 것이다. 하루를 원하는 대로 보내며 삶을 스스로 통제한다는 감각이 필수적이고, 그것을 잃으면 삶이 통째로 흔들리는 사람으로서 취약한 존재를 돌보는 일은 선택하지 않을 수 있다면 더 좋은 일일 것이다. 아이를 낳고 기르기로 결정한 사람들이 무언가를 얻고 무언가를 포기하는 것처럼, 아이를 낳지 않기로 결정하는 사람들 또한 포기할 수 없는 것을 지키기 위해 포기하고 싶지 않은 것을 포기한다는 사실을 모두가 알아주었으면 좋겠다.

종종 나는 아이를 낳지 않으려는 이유와 그게 나에게 맞지 않는 선택임을 말하는 데 있어 어려움을 겪는다. 임신과 출산 과정에서 내 몸이 겪어야 할 변화가 무섭고 싫다고 말하면 너무 약하거나 겁쟁이처럼 보일 것 같다. 그런 말을 했을 때 다른 사람들도 다 한다거나 무작정 괜찮을 거라고 장담하는 말을 듣고 싶지 않다. 아이를 돌보려면 내 시간과 에너지를 아주 많이 쏟아야 하는데 나는 에너지를 워낙 적게 타고났고 나 자신만을 위해 쓰고 싶다고 말하면 이기적이거나 냉정하게 보일 것 같다. 숙면을 포기하고 싶지 않다고 말하면 아이 때문에 푹 못 자는 양육자의 기분을 상하게 할 것 같고, 아이를 키우며 커리어에 집중할 자신이 없다고 말하면 육아휴직 중에 복직을 걱정하거나 커리어가 멈춰 있는 것이 확실한 양육자의 근심을 증폭시킬 것만 같다. 자유를 사랑한다고 말하면 사교활동이나 혼자 갖는 여유시간에 갈증을 느끼고 있는 양육자에게 박탈감을 일으킬 것만 같다.

아이를 갖지 않는 선택에 관해 설명하려면 그게 내게 어떤 의미인지, 왜 나와 맞지 않는지, 뭐가 좋다고 느끼는지를 말해야 하는데 아이를 키우고 있는 사람 앞에서 그럴 의도가 전혀 없음에도 불구하고 선택을 깎아내리는 게 될까 봐 무척이나 염려한다. 그렇다고 해서 그들을 편안하게 해 주기 위해 굳이 비출산의 단점과 영영 잃어버리는 것들에 대해 구구절절 늘어놓고 싶지도 않다. 무자식의 삶에 관하여 담백하게 이야기할 수 있는 언어적 능력을 더 세심하게 기르고 싶다.

그렇지만 어떨 땐 내 능력 밖의 일처럼 여겨진다. 자녀를 둔 이들이 자신의 선택에 관해 이야기하는 것은 나에 대한 공격이 되지 않지만, 내가 그들에게 아이를 낳고 싶지 않다고 말하면 그들의 삶을 공격하는 게 되어버리기도 한다. 내가 아이를 낳지 않는다고 해서 출산과 양육을 폄하하는 것도 부정하는 것도 결코 아니지만 때때로 그렇게 받아들여지는 것을 피하기가 어렵다. 단지 말을 가다듬는 걸로 가능할까?

결혼 후 서른이 넘어서야 임신, 출산, 양육에 관하여 파고들기 시작했다. 운 좋게도 비슷한 시기에 임신과 출산이 여자의 몸에 어떤 일을 가져오는지 말하는 여자들의 목소리가 사회적으로 들리기 시작했다. 덕분에 나는 더 많은 것을 참고하며 판단할 수 있게 되었다. 하지만 여전히 갈대처럼 흔들린다. 이것은 어쩌면 미련이 많은 성격 탓일지도 모른다. 생물학적 시계가 적정선을 훌쩍 넘어버린 후에도 고민은 이어질지도 모른다. 때때로 파트너와 입양에 관한 이야기를 나누는데 주로 경제적으로 안정된 후에 아이를 원하게 되면 고려해보자는 내용이다. 입양이라는 선택지를 막연하게나마 상상하는 지금, 가장 걱정되는 점은 무례하고 몰상식한 무언가로부터 아이를 지킬 수 있을 만큼 내가 강해져야 한다는 생각이다.

입양이 자연스러운 세상을 위해 얼마 전부터 나 혼자만의 작은 실천을 시작했다. 되도록이면 아이에 대한 코멘트를 할 때 엄마 아빠를 닮았다는 말을 하지 않는 것이다. 많은 사람이 듣기 좋아하는 말이고 또 시각적으로 가장 먼저 들어오는 정보이기에 의식적으로 삼켜야 하는 말이지만,

양육자와 아이가 닮았다는 코멘트가 일상적으로 오가는 사회에서는 입양아의 소외가 그만큼 커질 테니까. 조카의 귀엽게 앙다문 입술이 사랑하는 친구를 쏙 빼닮았다는 말을 참기가 쉽지는 않지만 영 불가능하지도 않다.

강렬한 사랑을 주고받을 존재가 생겨 내 사랑의 총량을 가뿐히 늘려버리고, 타인에게 에너지를 어마어마하게 쏟는 몰입의 경험을 하기 위해서라면? 나는 격렬하게 흔들린다. 임신하는 순간부터 출산과 양육에 이르기까지 하나의 인간, 하나의 생명, 하나의 존재가 나에게 달려있다고 생각하면 부담감에 거의 기절할 것 같지만, 생존을 위한 의존이 나를 향한 사랑으로 바뀌어가는 걸 상상하면 누군가 심장을 꽉 쥐어짜는 것 같다.

너를 위해 변하려
노력할 거야

　연인과 오래도록 정답게 지내기 위해 필요한 것에는 여러 가지가 있는데 의외로 필요하지 않은 것이 운명이다. 관계를 시작하는 시점에서는 무척 중요하게 느껴지지만.

　운명이란 운명을 간절히 바라는 사람에게 찾아오는 것 같다. 그러니까 운명을 바라는 이에게 운명으로 해석되는 것이 그렇지 않은 사람에게는 그저 무심히 지나쳐 버릴 우연에 불과할지도 모른다는 것이다. 같은 것을 좋아한다는 사실이, 그게 서로를 모르던 과거에서부터 이어져 왔다는 사실이, 우리가 서로에게 꼭 맞는 인연이라는 걸 증명하는 것처럼 가슴 벅차하던 시절이 나에게도 있었다.

　이를테면 이런 것이다. 둘 다 계란 흰자를 좋아하니 천생

연분이다(물론 나는 흰자를 좋아하고 너는 노른자를 좋아해도 사이좋게 나눠 먹을 수 있으니 역시 천생연분이다). 우리는 같은 뮤지션을 좋아했고 같은 영화를 인상 깊게 봤고 같은 작가의 책을 찾아 읽었다. 그간 스쳐 지났을 수도 있는 장소들을 읊다 보면 우리는 만날 운명인 게 분명하다. 그리고 마침내 우리를 만나게 한 것들, 어쩌다 선택한 모임, 별로 내키지 않았던 파티, 계획보다 일찍 하게 된 복학, 그날따라 지각하여 놓친 버스…… 우연이겠지만 필연이 아니라는 법도 없다. 사소한 순간들이 기적처럼 느껴진다. 우리의 인연을 위해 준비된 것만 같다.

허나 운명처럼 느껴지는 공통점 혹은 차이점, 우연 혹은 필연들 덕분에 관계가 시작되고 운명들을 하나둘 꼽아보면서 머릿속 폭죽이 팡팡 터질 수는 있겠지만 관계를 시작하는 것과 이어가는 것은 아주 다른 일이다. 결국에는 알게 될 너와 나의 차이만큼이나 다르다.

우리가 하나의 선에 겹쳐진 것처럼 똑같다고 여겼던 부분들이 자세히 들여다보니 언제까지나 맞닿을 수 없는 평행선을 달리고 있는 걸 알았을 때, 때로는 나와 달라서 좋았던 점들이 이해할 수 없고 이해하고 싶지 않은 순간이 올 때, 어떤 태도를 선택해야 할까.

우리가 다른 연인들과 다름없이 느껴질 때, 남들처럼 싸우고 평범한 연애를 이어가는 것 같을 때, 그래서 나도 몰랐던 내 바닥이 드러날 때, 그걸 상대가 견디지 못할 때, 내가 봐도 내가 잘못하고 있지만 너한테는 그래도 될 것 같아서 관성처럼 계속하고 있을 때, 바로 그때 내가 택하는 태도가 이 관계의 유지 여부를 결정짓는다.

사람은 바뀌지 않는다고들 한다. 남을 바꿀 수 있다는 생각을 버려야 행복해질 수 있다고도 한다. 정말일까? 그렇다면 어떡해도 나는 바뀌지 않을 테니 네가 그냥 받아들이라고 해야 하는 건가? 너를 바꿀 수 없으니 내가 감수하든 떠나든 양자택일을 해야 하는 걸까? 우리에게는 다른 사람을 있는 그대로 받아들이거나 혹은 관계를 끝내거나 두 가지 선택지밖에 주어지지 않는 걸까? 생긴 대로 사는 것과 자신을 바꾸기 위해 노력하는 것의 경계는 대체 어디일까?

부끄럽지만 고백하자면 친밀한 관계에서 내가 가진 치명적인 단점은 쉽게 짜증을 내는 것이다. 가을에 연애를 시작한 애인과 이듬해에 처음으로 여름을 맞으며 그것이 시작되었다.

나와 애인은 여름방학 동안 진행되는 계절학기 수업을

듣고 있었다. 나는 부전공인 경제학 수업을 포함해 두 과목을 들었고 졸업을 앞두고 있기에 따로 취업 준비도 병행하고 있었다. 특히 경제학 수업은 이번만큼은 점수를 잘 받아야 하는 재수강인 데다 하필 영어로 진행되어서 두 배로 공부해야 했다. 애인은 토익 대비반 수업 하나를 들었는데 수업은 널널한 편이었다.

날은 덥고 과제는 많고 수업은 어렵고 그 와중에 운동도 하고 밥도 챙겨 먹고 애인이랑도 놀아야 했던 찌는 듯한 한여름에 나는 일생일대의 잘못을 저지르고 말았다. 처음으로 애인에게 짜증을 낸 것이다. 별일이 있던 것도 아니다. 그냥 더웠고 근심이 있었을 뿐이다. 앞에 핑계를 잔뜩 써놓았지만 사실 변명이 될 수 없다.

한 번 짜증을 내고 나니 마치 되돌아올 수 없는 강을 건너버린 것 같았다. 나는 습관처럼 짜증을 내기 시작했다. 그때마다 애인이 뭘 잘못해서, 이게 나한테 너무 중요해서, 마음에 압박이 심해서, 같은 그럴듯한 핑계가 붙었다. 거기에 나도 애인도 속아 넘어가고 있었다. 짜증 낼 이유는 항상 있었다. 핑계 없는 무덤 없는 것처럼 잘못이 없을 때는 없다. 그게 어떤 종류의 잘못이고, 그 잘못에 얼마큼의 짜증을 받아도 되는지가 천차만별일 뿐이다(그렇지만 짜증 받아 마땅한 잘못은 없는 것 같다. 짜증은 문제를 해결하지도 경각심을 일으키지도 못하는 백해무익의 감정표현이지 않을까).

여름이 지나고 기분 좋을 만큼 날이 선선해졌어도 나는 여전히 짜증을 냈다. 그러고 있는지도 인지하지 못한 채 버릇처럼 튀어나왔다. 어느 날 참다못한 애인이 고통을 토로했다. 알고 보니 그는 유독 짜증을 힘들어하는 사람이었다. 짜증을 좋아하는 사람이야 없겠지만 그에게는 특히나 그럴 만한 이유가 있었다. 어린 시절부터 양육자에게서 자주 짜증을 받아왔고 그는 묵묵히 참았다고 했다. 대꾸하면 일이 더 커질 것이기 때문에 가만히 앉아 그 순간이 지나가기만을 기다렸다. 짜증이 시작되면 그는 몸이 굳었고 얼어버린 몸으로 어른의 짜증을 고스란히 받아 냈다. 지금도 내가 짜증을 내면 그는 머리가 멈춰 버려서 아무런 생각도 할 수 없다고 했다.

자세한 사정을 들은 건 나중이었고 당장은 짜증 내지 말아 달라는 애인의 부탁 정도였다. 나는 애처로운 애인의 눈을 바라보며 짜증 내지 않겠다고 다짐했지만 다짐은 오래가지 못했다. 여기까지 쓰면서 내가 얼마나 몹쓸 애인이었는지 새삼 깨닫는 중이다. 짜증 내고 사과하고 짜증 내고 미안해하고 짜증 내고 그러지 않겠다고 다짐하고 또 짜증

내는, 상습적인 위반자였다.

도서관 앞에서 애인을 기다리고 있었다. 올 시간이 지나 연락해보니 길을 잘못 들었단다. 메시지를 받은 순간 이렇게 익숙한 곳에서 길을 놓쳤다는 데에 짜증이 훅 솟구쳤다. 그러다 곧바로 흠칫했다. 나 왜 이러지. 어떤 친구에게도 이렇게 짜증을 드러낸 적 없었잖아. 아니, 친구에게는 애초에 짜증이 나지도 않잖아. 만약 친구였으면 짜증은커녕 걱정과 위로가 먼저 나갔을 거잖아. 대체 뭐가 잘못된 거야. 나혹시 애정 관계에 문제가 있는 건가.

때마침 심리학 대학원을 준비하던 중이었다. 그래, 이걸 연구해봐야겠어(이런 생각을 했다니 부끄럽다. 연구씩이나 필요한 일이었나). 석사 1학기 즈음에 연인 관계를 열정적으로 들여다봤다. 나의 궁금증에 딱 들어맞는 연구는 없었다. 답을 찾는 게 간단하지 않았다. 자기애라든가 애착이라든가 하는 논문들을 뒤지다가 어느 순간 나는 허무하게도 깨달았다. 명확하고 단순한 답이 마음속에서 스멀스멀 올라왔다. 인정하고 싶지 않지만 차마 거부할 수도 부정할 수도 없는 강력한 답. '그래도 되니까' 그뿐이었다. 거창한 이유나 기저 같은 건 없다. 있다 해도 의미가 있을까. 중요한 건 내가 짜증을 내지 않고 그래서 사랑하는 사람을 힘들게 하지 않는 것, 그뿐. 어떤 이유로도 용납되지 않을 감정을 나는 멈추고 다스려야 한다.

이유를 궁금해하는 것을 멈추고 그 에너지를 짜증 내지 않는 데 쓰기로 했다. 애인은 내가 짜증 내도 되는 사람이 아니라는 걸 되새겼다. 그 사람을 제발 마음 아프게 하지 말자고 다짐했다. 결과는? 열 번 낼 짜증을 다섯 번 정도로 줄였다고 스스로 평한다. 그렇지만 짜증 많이 줄지 않았냐고 묻는 내 말에 애인은 지금껏 시원한 긍정의 답을 해 준 적이 없다. 줄었다는 것 자체는 맞지만 그게 충분치 않기 때문일 것이다. 단 한 번의 짜증이라도 순간의 기분을 망친다.

우리는 여느 커플처럼 서로 맞지 않는 부분이 많았고 서로 힘들어하는 지점도 있었고 그래서 각자 노력할 것들이 존재했다. 쉽게 바뀌지 않는 부분이 분명 누구에게나 있다. 너와 만나려면 이걸 감수해야 하는구나 체념까지 가게 만들지도 모르고, 감수해야 할 특성이 너무 힘들다면 헤어짐을 택해야 할지도 모른다. 그럼에도 나는 노력하고 싶다. 나 자신을 다스리기 위해 노력하고 너와 좋은 관계를 만들어 가기 위해 노력하고 싶다.

그리하여 나는 사람이 변한다고 믿고 싶다. 내가 변하고 싶으니까. 변할 수 없는 부분과 변할 수 있는 부분이 나뉘는지에 관해서는 여전히 모르겠다. 사람의 변화에 있어서 바뀔 수 있는지보다 상대가 고통스러워하는지 여부를 기준으로 삼고 싶다. 상대를 힘들게 하는 나의 어떤 점을 바꾸려 하지 않은 채, 나를 사랑한다면 네가 감수하라고 말하는 것은 내가 하고 싶은 사랑이 아니다. 생긴 대로 살아서 나와 꼭 맞는 상대는 단언컨대 없다. 이것은 있는 그대로의 나를 받아들여 주는 것과 다른 이야기다. 내가 나 자신일 수 있게 해 주는 것과도 다르다. 너와 함께 있을 때 내가 나 자신이 되고 네가 그런 나를 있는 그대로 사랑해 주는 것과, 너를 힘들게 하는 나의 특성을 고치려 애쓰는 것이 동시에 이루어질 수 있다고 믿고 있다.

나는 사람이 변한다고 믿고 싶다. 내가 변하고 싶으니까. 변할 수 없는 부분과 변할 수 있는 부분이 나뉘는지에 관해서는 여전히 모르겠다. 사람의 변화에 있어서 바뀔 수 있는지보다 상대가 고통스러워하는지 여부를 기준으로 삼고 싶다. 상대를 힘들게 하는 나의 어떤 점을 바꾸려 하지 않은 채, 나를 사랑한다면 네가 감수하라고 말하는 것은 내가 하고 싶은 사랑이 아니다.

함께 사는 것,
함께 있는 것

    좋아하는 사람과 한 침대에 누워 시시콜콜한 대화를 나누다가 스르르 잠드는 감각은 참 기분 좋다. 그래서 나는 밤마다 남편 침대에 누워서 "오늘 같이 잘까?", "여기서 자야겠어"라고 간절하게 말한다. 방금 전까지 같이 있었으면서도 부족한 듯싶고 꼴깍 잠이 드는 바로 그 순간까지 함께 있고 싶다는 마음이 턱끝까지 차오른다. 그렇지만 이런 말들이 진심이지만 진심이 아니라는 걸 나도 알고 그도 알기 때문에 얼마간 남편 침대에서 뒹굴다가 어쩔 수 없다는 듯 나의 침대로 돌아오는 것이 익숙한 결말.

    조금은 시무룩하게 "잘 자요" 인사하며 그의 이마에 입을 맞추고 방문을 닫고 나와서 몇 걸음 떨어진 나의 방에 들어서서 딸깍 문을 닫으면 나는 저절로 하아- 하고 깊은 숨을 내뱉고 만다. 암막 커튼을 꼼꼼히 치고 전기요의 전원을 켜고 이불을 덮고 누워 천장을 바라보면 지금 이곳에 오로지 나 혼자라는 사실, 홀로 존재한다는 사실에 설명할 수 없는 만족감이 피어오른다. 나만의 공간이 주는 안락함에 온몸이 녹아내리는 것 같다.

외로운 것도 사실이고 평온한 것도 사실이다. 같이 있고 싶은 마음도 진실이고 홀로 있고 싶은 마음도 진실이다. 그와 안고 있을 때면 영원히 기대 살고 싶다가도 어느 순간 뛰쳐나와 내 방에 두 발로 똑바로 서서 방문을 확실하게 닫아버리는 게 나라는 사람이다. 그러다 시간이 흐르면 슬며시 그의 방문을 두드리며 "뭐해? 같이 있자" 하는 것 역시도.

나만의 공간을 오랫동안 갈망해왔다. 혼자 사는 게 잘 맞는 사람일 거라 확신했다. 나 외에는 어떤 다른 시선도, 평가도, 존재도 없는 공간에서 비로소 나는 자기 자신이 될 수 있을 거라고 믿었다. 그런데 결혼 후 동거생활도 그런대로 잘 맞았다. 시시때때로 가라앉는 기분을 때로는 농담 한마디로, 때로는 심상한 대화로 건져 올리고, 돌보고 돌봄 받는 행위들을 하고 있자면 따뜻하고 얇은 막이 내 몸을 두둥실 감싸는 느낌이었다.

그래서 나는 헷갈린다. 침입하는 사람이 없는 완전한 나만의 공간을 간절하게 바라다가도 종종 같은 집의 다른 방에서 자는 것조차 외롭게 느껴질 때면 나는 아무래도 모르겠다. 오늘 저녁에 누군가 이 집으로 어김없이 돌아온다는 사실은 어느 날엔 위로가 되고 어느 날엔 마음의 족쇄가 된다.

그렇지만 기혼으로서 이런 생각이 쓸데없이 느껴지기도 한다. 어차피 선택지가 없는 것 같다. 결혼하고도 따로 살고 싶다는 바람은 나에게조차 진지하게 다뤄지지 않는다. 내가 원하는 게 뭔지 헷갈릴 때면 혼자 사는 게 더 맞을까, 같이 사는 게 더 맞을까 궁리해보다가도 이내 '아니, 지금 집이 한 개도 없는데 두 개가 웬 말이야. 돈 없으니 안 돼'라는 목소리가 생각을 끊는다. 내 안의 현실적인 비판자가 등장하는 것이다. 그건 비효율적인 낭비야. 하나의 살림을 꾸리는 데 얼마나 소소하고 자잘한 것들이 예상치 못하게 필요한지 경험했잖아. 그것들을 다시 구비해야 한다니. 라면 끓이는 냄비도 사야 하고 쌀 담는 통도 사야 해. 헤어드라이어도 하나고 청소기도 하나잖아. 냉장고, 세탁기처럼 크고 비싼 것들을 또 산다고? 그뿐인가? 관리비도 두 배, 대출 이자도 두 배…… 그렇게까지 할 만한 가치가 정말 있겠어?

결혼하면 같이 사는 게 당연한 세상에서 따로 사는 옵션은 훨씬 더 큰 타당성이 갖춰져야 한다. 그만큼의 가치가 있다는 걸 자타에게 실시간으로 끝없이 증명해내야만 할 것 같다. 다르게 사는 데 정신적인 비용이 많이 드는 사회다.

결혼을 결정할 때는 그래서 단순했다. 같이 살고 싶어. 하루의 시작과 끝에 함께 있고 싶어. 하루를 마치고 돌아가는 길이 너에게 향하는 길이었으면 좋겠어. 너와 함께 하루의 짐을 내려놓고 쉬고 싶어. 우리의 집에서 나는 편안할 거고 지지받을 거고 힘을 낼 거야.

그러나 함께 사는 것은 함께 있는 것이 의미하는 것보다 훨씬 더 넓은 범위의 무언가였다. 함께 사는 건 함께 가사노동을 하는 것이고 함께 살림을 꾸리는 것이다. 가스레인지의 기름때를 제대로 닦으라고 말하거나 치약을 주문해야 한다는 대화를 나누는 일이다. 생활에 필요한 일이 너무 많아서 그걸 해치우고 나면 우리는 진이 빠져서 각자 휴대폰이나 컴퓨터로 도망치고만 싶다. 이인분의 생활이 일 더하기 일보다 크게 느껴지는 건 왜일까. 가끔 그가 집을 비울 때 혼자 밥을 차려 먹고 치우고 집을 정리하는 건 왜 그리 가볍고 수월하게 느껴지는지.

물론 일상을 나누는 것은 즐겁다. 이를테면 빨간 바지

와 함께 빨아서 흰 티셔츠가 분홍빛이 되어버린 작은 황당함, 부드러운 새 잠옷을 입고 느끼는 기쁨, 키우는 떡갈나무의 잎이 쳐져서 듬뿍 물을 준 후 다시 꼿꼿이 서 있는 모습을 보는 즐거움, 식기세척기가 어느 순간부터 컵의 비린내를 없애지 못하나 싶은 의심 같은 것들, 굳이 다른 이에게 전할 이야깃거리도 되지 않고 전하더라도 생동감이 떨어질 수밖에 없는 자잘한 일상을 같이 겪어내는 사람이 있다는 건 외로움을 덜어주는 일이다.

외로워, 심심해, 같이 있자, 나랑 놀자…… 그와 함께 살면서부터 입에 달고 사는 이런 말을 그전까지는 거의 해본 적이 없다. 그가 나를 외롭게 만든다는 것은 아니다. 다만 바로 곁에, 이 집 안에, 함께 있을 수 있는 사람이 존재한다는 생각이 나를 더 갈망하게 만든다. 문만 열고 나가면 그가 있다는 사실에 나는 자꾸만 방문을 열어젖힌다. 방문을 닫고 홀로 책상에 앉아있어도 웬일인지 마음이 들뜬다. 진짜 혼자 있는 것 같지가 않아 진정되지 않는다. 함께 있으면 나 자신에게 집중할 수가 없다. 옆 사람이 너무 신경 쓰인다. 저 사람은 뭐 하고 있는지 궁금해.

오로지 잘 때만은 다르다. 그가 잠들 것이기 때문에 더는 그의 방에 찾아갈 수 없고 그 또한 내 방에 오지 않을 것이 확실한 바로 그 시간, 나는 드디어 내 방을 나만의 공간으로 느낄 수 있다. 그리고 그곳에서 누구도 신경 쓰지 않고 오로지 나 자신이 된다는 감각에 충만해진다. 나에게 꼭 필요한 이런 시간이 좀 더 많아지길 자연스럽게 바라게 된다. 잘 때만이 아니라 집에 있는 모든 순간이 이렇다면 어떨까 상상해보게 되는 것이다.

나는 내 시간을 어떻게 보내게 될까, 정신이 다른 곳에 흩어지지 않고 원하는 곳에만 집중할 수 있다면? 온전히 독립된 나만의 공간에서 나는 무얼 먹고 무얼 읽고 무얼 생각하며 지내게 될까? 문을 열고 들어서는 순간 나 자신으로 돌아오는 공간에서 산다는 것. 늘 자기 자신이 되길 갈망하는 사람으로서 꿈처럼 달콤한 상상이다.

너무 아픈 독립은
독립이 아니었음을

언젠가 애인이 생긴다면 둘이 나란히 선 채 손을 맞잡고 있는 모습이 이상적일 거라 상상했다. 포개지고 싶지 않았다. 홀로 서고 싶었다. 누구에게도 기대지 않기를, 혼자서도 충분하기를.

우리의 교집합이 나의 여집합을 삼키지 않기를 기도하듯 바랐다. 무언가를 경험하기 전에 미리 두려워하고 있었다. 다른 사람에게 내 인생을 송두리째 흔들 힘을 내어주지 않겠다는 굳은 다짐은 실은 내 인생을 송두리째 내어줄지도 모른다는 불안, 나아가 나를 통째로 내줘 버리고 싶다는 은밀한 욕구를 필사적으로 부정하기 위한 것이었다.

처음으로 애인이 생겼을 때, 첫 번째 친구 바로 다음만큼의 존재감만 허락하려 마음을 다잡고 다잡았다. 깊이 다가가려는 마음이 두려워 억지로 거리를 두다 보니 제대로 된 관계를 만들기가 어려웠다. 함께 있으면서도 충분히 독립적일 수 있다는 것을 상상하지 못했다. 그를 간절히 원하게 되면 무서운 일이 벌어질 것 같았다. 같이 있고 싶고 알고 싶어지다 보면 그의 생각과 감정을 내 것보다도 신경 쓰게 되고 결국 의지하게 될 것이다. 그러면 내가 사라질 것이다. 한 번 잃고 나면 다시는 찾지 못할 것이다. 우리가 헤어지면 나는 나를 잃은 채 혼자가 되겠지. 흔들려버린 나는 무너지고 표류할 거야. 혼자 남겨지는 게 두려워 처음부터 끝까지 혼자이려 했다.

결혼을 앞두고 엄마가 홈쇼핑에서 파는 프라이팬 세트를 보여주며 어떻냐고 물으면 목청을 높였다. "알아서 한다니까요!" 정말로 다 알아서 할 수 있던 것도 아니면서 자잘한 것들을 거절하느라 엄마와 나의 에너지를 소모했다.

양가의 도움을 받지 않겠다는 게 누구를 위한 건지 가끔 헷갈리기도 했다. 일단은 '엄마 아빠 노후자금으로 모아놔야지'가 표면적인 이유였는데 그것도 진심이었고 또 혼인 당사자 둘이서만 온전히 책임지고 싶다는 것 역시 진심이었다.

"왜 그렇게까지 해? 해 줄 수 있으니까 해 주는 거 아닐까? 그게 해 주는 사람의 기쁨일 수도 있잖아."

누군가 물었을 때 잠시 멈칫했다. 내가 좀 과한가 생각하다가 이내 강경하게 대답했다.

"해 주면 보답을 바라게 되는 게 인지상정이잖아. 내 삶에 입김이 작용할 거야. 나도 거절 못 하고 휘둘리게 될 거야. 내 맘대로 살고 싶어. 오로지 내가 결정하고 내가 꾸리면서."

경제적 독립에 집착했다. 그래야만 심리적으로도 독립할 수 있다고 믿었다. 나에게 영향을 미치는 모든 것들에게서 벗어나야 나 자신으로 살 수 있을 것 같았다. 나 자신이 되는 것에 매달렸다. 나는 누구지, 나는 어떤 사람이지, 어떻게 살고 싶지? 나는 독립적인 사람이라고 믿었고 또 믿고 싶었다. 독립인지 고립인지 경계가 희미한, 날 선 선언들은 실상 자유로운 자기 자신으로 살고 있지 못하다는 반증과 같은 것이었다. 갈망은 결핍에서 온다.

독립에 대한 과한 강박이 어쩌면 의존을 숨기려는 몸부림일지도 모른다는 생각을 하게 된 것은 한 언니를 만나면서부터였다.

언니는 힘든 일이 있을 때 힘들다고 말했다. 나 지금 이러이러한 상황이야. 그래서 슬프고 화가 나고 무력해. 상대가 답할 말이 있을지 미리 고민하지 않는다. 이야기를 어떻게 끝내야 좋을지, 상대와의 대화를 통해서 내가 회복되거나 위로받거나 나아지지 않아도 처음 대화를 시작한 상태 그대로 대화를 끝내도 되는지, 걱정하지 않는다. 눈시울을 붉히며 힘들다고 말하는 언니를 바라보며 누구보다 자신 있는 사람이라고 느꼈다. 자신을 믿고 거리낌 없이 드러내는구나, 강한 사람이라고 생각했다.

그게 사회적으로 지지를 요청하는 행동이란 걸 심리학에서 배웠다. 나는 그 방면에 그닥 소질이 없었다. 타인의 시간과 에너지를 뺏어 민폐가 될까 봐, 나를 너무 걱정해서 힘들어할까 봐, 나를 부정적으로 판단할까 봐, 혹여라도 나의 약점으로 잡고 훗날 나를 공격하는 무기로 쓸까 봐. 여러 이유가 있는데 곰곰이 생각해보면 무엇보다 큰 두려움은 다른 사람들이 나를 지지해 주지 않을지도 모른다는 불안이었다. 다른 사람을 믿지 못하는 게 아니라 나 자신을 믿지 못했다. 지지받을만한 사람인지 확신하지 못했다. 다행히 지지받더라도 지금 나의 고민은 그들이 마음 쓸 만한 가치가 없다는 생각, 그러니 이 정도는 혼자 이겨내야 한다는 생각이 발목을 잡고 있었다.

나의 애착 형태가 회피적이기 때문일지도 모른다. 갈등을 피하고 혹여라도 문제가 될 만한 상황을 원천차단하려고 한다. 혼자 해결하는 게 속 편하다고 생각한다. 아니면 에너지가 부족해서 주고받지 않으려는 것일 수도 있다. 주지 못하니 처음부터 받지 않으려 애쓰는 것일지도. 무엇도 건강하지는 않은 것 같다.

불쑥 문을 열고 들어와 고통을 호소하는 언니에게 나는 언제나 귀를 기울였다. 주위에 있는 모두가 그랬다. 그건 우리에게 어려운 일이 아니었다. 우리는 기꺼이 언니의 이야기를 들었고 마음으로 공감했고 같이 아파했다. 시간과 에너지를 당연히 쓰지만 그렇다고 해서 민폐라고 생각하지 않는다. 같이 대화하며 나는 새로운 걸 깨닫기도 하고 종종 효능감을 갖게 되고 힘든 이야기 와중에도 함께 농담하며 울고 웃으며 카타르시스를 느끼기도 한다. 누군가의 고통에 관하여 함께 나누고 아파하고 위로하는 건 그것만으로 충분히 의미 있는 일이었다.

의미 있을 뿐만 아니라, 좋아하는 사람이 나에게 오늘 이런 일이 있었는데 마음이 이랬어, 라고 말해줄 때면 고맙기까지 하다. 너의 마음을 나누어줘서 고마워, 나를 믿고 말해

줘서 고마워, 어떻게 생각하냐고 물어봐 줘서 고마워.

다른 사람이 내게 고민을 털어놓거나 위로를 구할 때 내 마음이 어떤지 생각해보면, 나도 그들에게 충분히 나의 고통을 말해도 될 것만 같다. 내가 나를 내 친구처럼 대할 수 있으면 좋을 것이다. 그렇다면 작은 발걸음에도 박수쳐 줄 것이고 부족함을 비난하는 대신 위로할 것이다. 잘했어, 수고했어, 대단해, 멋져, 응원해, 믿어 같은 말들을 내가 친구들에게 하는 만큼의 절반만이라도 자기 자신에게 해 준다면. 조금 더 나에게 관대해질 수 있다면. 그들을 진심으로 응원하는 만큼 나를 믿어줄 수만 있다면 나는 훨씬 더 행복해질 텐데.

타인에게 의존하면서도 여전히 내가 나일 수 있다는 것은 파트너와 안정적인 관계를 맺으며 비로소 몸소 경험했다. 그간 내가 추구했던 독립은 고립에 가까웠다. 독립을 외치는 마음은 비장했고 고독했다. 독립을 강박적으로 갈망했던 건 그만큼 내가 의존적인 인간이기 때문이라는 걸 이제야 알았다. 나의 의존성을 스스로 인정해 주지 않아서 생긴 과한 독립욕이 오히려 나를 괴롭혔다.

혼자는 간편하다. 신경 쓸 것이 없다. 다른 사람의 감정,

생각, 의견을 고려할 필요가 없다. 즉흥적인 인간이라 갑자기 하고 싶은 게 생기고 갑자기 하고 싶은 마음이 사라진다. 내 쿵짝에 맞출 수 있는 건 나밖에 없다고 생각했다. 혼자 다니면 내키는 대로 살 수 있다. 그렇지만 혼자인 만큼 다른 사람과 함께하는 것도 필요하다. 그게 충족되지 않고는 혼자인 내가 충분히 행복할 수 없다.

누군가에게 기댄다고 해서 내가 무너져버리는 게 아니었다. 그와 함께 어깨를 맞대고 머리를 기댄 채 있다가도 원할 때 언제든 일어나 혼자가 될 수 있다. 여전히 나일 수 있다. 나는 사라지지 않는다.

내가 나를 내 친구처럼 대할 수 있으면 좋을 것이다. 그렇다면 작은 발걸음에도 박수쳐 줄 것이고 부족함을 비난하는 대신 위로할 것이다. 잘했어, 수고했어, 대단해, 멋져, 응원해, 믿어 같은 말들을 내가 친구들에게 하는 만큼의 절반만이라도 자기 자신에게 해 준다면. 조금 더 나에게 관대해질 수 있다면. 그들을 진심으로 응원하는 만큼 나를 믿어줄 수만 있다면 나는 훨씬 더 행복해질 텐데.

울 수 있게 된
사람

열다섯 살, 코트 주머니에 넣어놓은 연애편지를 들켜서 안방으로 불려갔다. 한창 공부해야 할 나이에 교제하는 건 바람직하지 않다, 나중에 대학 가서 마음껏 하라는 일장연설을 한 시간 가까이 듣고 나오는데 눈앞이 핑글 돌았다. 다시는 이런 불편한 자리가 없기를 바라는 마음이 모든 종류의 마음을 제치고 위로 올라섰다.

만나던 그 애는 초등학교 짝꿍이었다. 가까이에서 자주 보는 사람에게 정이 드는 타입이라 보통 짝꿍이 바뀔 때마다 좋아하는 사람도 바뀌는 식이었다. 그래서 그를 좋아하는 건 자연스러운 수순이었는데 이전의 경우들과 달랐던 건 그가 내 마지막 짝꿍이었다는 점이다. 초등학교 졸업을 끝으로 중학교에서부터는 짝꿍이라는 존재가 사라졌고 그 덕분인지 학년이 바뀌고 학교가 바뀌었어도 그 애를 향한 애정만큼은 그대로였다. 우리는 같은 중학교로 함께 진학한 사이였다. 주기적으로 옮겨 다니던 내 마음이 변치 않는 걸 보니 이것이야말로 진정한 순정이라 믿었다.

좋아하면 사귄다는 개념이 유행처럼 생겨날 때라 사귀기는 했는데 정작 사귀는 게 어떤 건지 둘 다 알지 못했다. 우리는 도대체 만나지를 않아서 기억을 뒤적여보면 같은 학교인데도 일부러 피해 다녔나 싶을 만큼 우연히 마주치는 일조차 없었다. 짝꿍일 때는 매일 얼굴 맞대고 시간을 보냈는데 교제를 시작한 후로 괜히 수줍어져서 내내 삐삐만 쳐댔다. 주로 오늘 하루는 어땠고 무슨 일이 있었다고 보고하는 식이었고, 일기인가 독백인가 싶은 일방적인 음성 메시지만 오갔다. 그 시절에는 그것만으로도 충분히 즐거웠다.

그렇지만 약간은 어설픈 만남이었기 때문에 헤어짐도 어설프게 온 걸까. 나의 여린 마음에 교제를 반대하는 양육자의 압력이 작용했다는 것을 미처 알지 못한 채 나는 그에 대한 열의가 식기 시작하는 것을 느끼고 있었다. 연락을 주고받는 게 부담스럽게 느껴졌고 그를 생각하는 시간에 죄책감이 스며들었다. 순정이라 믿었으면서 이리도 쉽게 마음이 변할 수 있나 자책하면서 나는 애정을 서서히 접어 나갔다. 온전히 자의라고 생각했다. 내가 나빠서 열정이 시들해진 거라 결론 내렸다.

헤어질 때도 찰나의 만남만 있었다. 그 애 반에 찾아가 이별을 담은 편지를 건네고 그대로 몸을 돌려 있는 힘껏 복도를 달렸다. 완전한 통보식 이별이었다. 교실로 돌아오니 가슴이 세차게 뛰었다. 이제 어떤 일이 벌어질까. 나는 우려인지 기대인지 모를 눈빛으로 자꾸 교실 창문을 내다보았다. 그 애가 편지를 읽고 그대로 책상에 엎드려 하교할 때까지 단 한 번도 고개를 들지 않았다는 소식을 전해 들었다. 그게 우리 이별의 전부였다. 상상한 것처럼 그 애가 나를 찾아와서 울음을 터뜨리거나 창밖에서 아련하게 바라보거나 하는 일은 일어나지 않았다.

충격적인 일은 몇 달쯤 뒤에 벌어졌다. 이별은 내가 먼저고했는데 애인은 그쪽이 먼저 생긴 것이다. 같은 학교, 같은 동네인 이상 피할 수 없는 사후 소식이었다. 그 애가 새로 사귄 애인과 다정하게 벤치에 앉아있었다거나 애인의 배를 만지고 있었다거나 하는 가십이 오지랖 넓은 친구들을 통해 내 귀에 들어왔다. 그리고 그제야 내가 실은 아직도 그 애를 좋아한다는 걸 깨닫고 말았다. 늦어도 너무 늦게.

조금 이상한 과정이었지만 나는 배신감에 치를 떨었다. 내가 헤어지자고 했다는 사실을 아무리 스스로 상기해봐도 배신당했다는 생각을 떨칠 수 없었다. 나를 영원히 기다린다고 했잖아. 그게 너의 첫 고백이었잖아. 사랑은 한쪽이 끝나면 다른 한쪽도 끝내는 게 깔끔하다는 사실은 당시 나에게 적용되지 않았다. 내가 끝나도 너는 끝나지 않을 거라 순전히 이기적으로 믿고 있던 것이다. 게다가 애초에 나는 끝나지 않은 상태인 게 가장 큰 문제였다. 내가 고한 이별이 자의인 것 같지 않았다. 그게 당황스러우면서도 달려가 되돌릴 용기는 없었다. 이미 다른 이를 좋아하고 있을 사람에게 여전히 널 좋아한다고 말할 수 없었다. 대신 밤마다 그 애가 영원을 약속했던 편지를 꺼내 읽었다.

원망의 말들만 내내 머릿속에 맴돌았다. 이런 편지를 써놓고 헤어진 지 몇 달 만에 다른 사람을 만나? 영원히 기다린다는 이 말은 대체 뭐였어. 그때 너는 정말로 빗속에서 나를 하염없이 기다렸잖아. 쭈글쭈글해진 편지를 품속에서 조심스레 꺼내 내밀었잖아. 너는 언제까지고 거기 서 있을 줄 알았어. 우리는 언젠가 다시 만날 거라고 기대했어. 너와 나는 떼어질 수 없는 사이라고 믿었다고. 슬픈 건지 화가 난 건지 절망한 건지 알 수 없었다. 어떻게 이럴 수 있냐는 말만 끝나지 않는 도돌이표처럼 곱씹었다.

그래도 울지 않았다. 울고 싶은데 눈물이 나오지 않았다. 나는 울지 못하는 사람이었다. 운동회에서 그 애의 계주 차례가 왔을 때 보란 듯이 응원 메시지를 외치는 그 애의 애인을 멍하니 바라보았던 날, 나는 집에 와서 발라드 모음집 테이프를 틀었다. 가슴 속에 뭔가가 쌓이고 쌓여서 이제는 가득 찬 댐을 방류해야만 하는 시기가 온 듯이 슬픈 노래를 따라부르면서 겨우 찔끔, 눈물이 한두 방울 나왔고 그게 나의 부족한 카타르시스였다.

한동안 음악을 더 자주 들었다. 시간이 흐르면서 슬픈 음악을 들어도 그 애 생각을 안 할 때가 늘어갔다. 울고 싶은 기분에 마냥 잠겨있고 싶을 뿐이었다. 노래를 듣다가 눈물이 나면 화장실로 달려갔다. 그리고 거울 속에 비친 나를 바라보았다. 눈물이 어떻게 떨어지는지, 내 표정은 어떤지, 입술은 어떻게 일그러지는지. 연기자도 아니면서 내가 우는 모습을 관찰했다. 그런 사람이 감정에 충실할 수는 없는 법이다. 나의 애도는 정확하지도 충분하지도 못한 채 나조차도 알기 어려울 정도로 미미하게 이어지고 있었다.

내가 그 애 이야기를 꺼내지 않고 소식에도 반응하지 않는 것을 보고 친구들은 내가 괜찮다고 생각했다. 이별을 겪은 친구는 내게 와서 어떻게 그리 마음 정리를 잘할 수 있냐고 물었다. 그 말을 들으면서도 나는 여전히 담담하게 있었다. 무슨 말을 해야 할지 알지 못했다. 나의 최초의 거대한 절망이 그렇게 지나가고 있었다. 아무 고통도 표현되지 않은 채 고요하게.

그때의 실망과 슬픔이 미처 정리되지 않은 애정 때문인지 아니면 내 것이라 믿던 애정을 빼앗겼다는 생각 때문인지는 지금도 모르겠다. 중요한 건 나는 대놓고 슬픔을 드러내는 게 필요한 상태였고 그것이 전혀 이루어지지 않았다는 점이다.

쭉 그렇게 살았다. 몇 달간 열심히 준비한 공연을 망쳐버렸을 때도, 좋아하던 사람에게 이별 통보를 받았을 때도, 눈물이 나긴 했지만 언제나 한두 방울로 그쳤다. 그 한 방울의 눈물이 내게는 몹시 드문 경우라 아직까지 기억에 남아 있는 일들이다.

첫 회사에서 유난하게 괴롭히는 상사를 만났을 때도 울지 않았다. 절대 울지 말아야지 굳게 다짐한 것도 아닌데 내 눈물은 그만큼 귀했다. 화장실에 다녀올 때면 사람들이 조용히 다가와 물었다. "울었어? 눈이 빨갛다." "아뇨, 하드

렌즈를 껴서 그래요. 그냥 볼일 보고 나왔어요……." 그런
데도 그들은 측은한 눈빛을 거두지 않았다. 어느새 소문이
퍼졌는지 다른 팀 사람들까지 와서는 "화장실에서 울고 나
온다며, 괜찮아?"라며 어깨를 두드리고 갔다. 내가 대답할
새도 없이. 모두 울 만한 상황이라고 여길 때도 나는 울지
않았다.

울기 시작한 건 결혼하면서부터였다.

"나 너무 힘들어요!"

파트너 앞에서 자꾸 울었다. 눈물이 한 방울 또르르 떨어
지는 그런 울음이 아니라 '으어엉!!!' 힘차게 터뜨리는 울음
이었다. 고여있던 슬픔과 서러움이 막을 뚫고 그대로 터져
나왔다.

이유는 다양했다. 그와의 일 때문이거나 아니거나 했다.
평소 같으면 마음에 두고 침울해했을 테지만 이상하게 그
가 곁에 있다고 생각하면 눈물이 펑펑 났다. 혼자 있을 때
도 해보지 않았던 대성통곡이 터져 나왔다. 그가 바로 곁에
있어야 하는 것도 아니었다. 거실에 그가 있으면 방에 혼자
있어도 눈물이 났다. 책상에 엎드려 꺽꺽 울면서 책상 위에
눈물 웅덩이를 만들었다. 그가 다가와 토닥여주기를 바랄

때도 있고 혼자 마음껏 울고 싶을 때도 있었다.

무엇이 내 마음을 변하게 했을까? 무엇이 내 속의 굳건하던 장막을 찢어버렸을까? 그간 터뜨리지 못했던 울음은 뭐에 막혀있던 걸까? 울음이 감정표현의 전부는 아니지만 울음만큼 극한으로 고조된 감정도 없지 않나.

감정은 에너지를 소비한다. 타고나기를 에너지가 적은 인간이라 나는 쓸만한 에너지를 최대한 아끼고 아껴 중요한 곳에 써야 했다. 나에게 에너지를 쏟아야 하는 곳은 정해져 있었다. 바로 성취, 성취 그리고 성취. 성취를 위해서는 감정에 휘둘리면 안 된다. 극한의 기쁨도 극한의 슬픔도 도움되지 않는다. 평온한 상태여야 집중할 수 있다. 그래서 평정심을 유지하는 데 집착했다. 언제든 바로 나의 공부, 나의 일, 나의 업무에 집중할 수 있게 아무것도 느끼지 않는 상태를 유지할 필요가 있었다.

그리하여 나는 감정이란 분야에서 투명인간처럼 희미하게 살았던 것이다. 실컷 울고 나서 돌아보니 나는 감정을 알아차리는 일이 두려웠던 것 같다. 알아차려 버리면 감정이 나를 휘감아버릴 것만 같았다. 나를 지배하고 일상을 무너지게 하고 내가 쓰러져버릴지도 모른다고 생각했다. 그러니 차라리 덮어놓자, 수면 위로 올라오지 못하게 막자, 주의를 기울이지 않으면 서서히 사라질 거야, 그렇게 믿었다. 부정하는 건 차라리 쉬웠다.

출입문을 닫아버리면 무엇도 드나들지 못한다. 어떤 감정인지에 따라 느끼거나 느끼지 않기를 선택적으로 적용하기는 어렵다. 나쁜 감정뿐만 아니라 좋은 감정까지도 그래서 모든 감정에 대한 나의 대응법은 하나였다. 알아차리지 않고 묻어두기. 최대한 아무것도 느끼지 않은 채 +도 −도 아닌 0의 상태를 유지하려 안간힘을 쓰는 것이다. 그러다 보면 슬픔을 억제하는 만큼 기쁨도 즐길 수 없게 된다.

울 수 있게 된 것은 아마도 감정 안전망이 생긴 덕분이지 않을까 짐작해본다. 내가 나에게 주지 못했던 바로 그것. 나는 나의 감정을 받아주지 않았지만 파트너는 내게서 무엇이 터져 나오든 받아주는 사람이었다. 그렇다고 내 고통에 지레 더 힘들어하는 사람도 아니었다. 그게 안심이 되었다. 울고 있는 나를 헤아려 줄 사람이 있다. 울고 난 후 돌아갈 곳이 있다. 표현해도 되는 곳에서 마침내 표현할 수 있게 된 것이다.

물론 눈물샘이 터졌다고 해서 갑자기 감정을 능숙하게 받아들이게 된 것은 아니다. 감정에 대해 나는 여전히 방어적인 순간이 잦다. 그렇지만 괜찮은 시작인 듯싶다. 대성통곡을 할 수 있게 되었으니 극도로 기쁜 환희도 맛볼 수 있지 않을까? 언젠가 너무 기쁘고 행복하여 눈물 흘리는 순간이 나에게 올 수 있을지도 모른다. 일상 속의 작고 미세하지만 발견되기를 바라며 나를 기다리는 감정들을 하나하나 만나는 기대를 해본다.

"슬퍼해도 괜찮아. 감정을 느껴도 너는 무너지지 않아. 감정적으로 취약해져야 비로소 너는 강해질 수 있어." 천장을 바라보며 슬픈 노래를 듣고 있는 무표정한 열다섯의 내게 다가가 등을 쓸어주며 말하고 싶다.

우울을 다루기
시작했습니다

비 오는 날을 좋아했다. 정확히는 비 오는 날의 학교를 좋아했다. 콧속으로 훅 침입하는 습한 공기의 냄새를 느끼며 현관에서 우산을 탁탁 털고 실내화로 갈아신은 후 복도를 걸어 어두컴컴한 교실로 들어서는 순간을 사랑했다.

지각을 일삼았기 때문에 복도로 들어설 때쯤이면 이미 종이 친 후였다. 소란스러운 말소리만 멀리서 들려오는데 비 오는 날 아침이면 그 소리가 한층 무겁고 웅장해졌다. 낮게 웅웅거리는 소리가 마치 스피커 속의 드럼 비트처럼 심장을 쿵쿵 울려댔다. 교실마다 괴이한 꽃분홍빛 커튼이 쳐지고 새파랗게 하얀 형광등 불빛이 애를 쓰고 어둠을 몰아내려 하지만 역부족이다. 창밖으로 투둑투둑 빗소리가 들려오고 실내는 눅눅하니 숨이 먹먹하게 쉬어진다. 나는 묘하게 들뜨고 흥분이 된다. 무거운 실내화를 느릿느릿 끌며 걷고 있지만 마음만은 새털처럼 가벼워 복도에서 뜀뛰기라도 할 수 있을 듯하다. 뭔지 모르게 설레고 슬며시 웃음이 퍼진다.

날씨와 마음이 공명하는 날인 것이다. 가라앉은 공기, 축축한 냄새, 어두운 하늘. 마치 내게 꼭 맞는 세상인 것만 같다.

아무래도 슬픔을 즐기는 것 같다고 오랫동안 의심했다. 나 자신이 슬픈 상태에 머물고 싶어 하는 사람처럼 느껴졌다. 고통스러워하면서도 고통이 싫지 않았다. 드라마 속 비련의 주인공이 된 기분을 얼마간 즐겼고 은근히 기다리기까지 했다. 이상했지만 왜 그렇게 되는지 알 수 없었다.

마음이 어딘가에 가라앉아 고요히 잠겨있을 때 나는 내가 있는 곳이 좋았다. 그곳에서 편안했고 안심했다. 이유가 뭐가 됐든 가능하다면 자주 그곳에 머물고 싶었다. 그렇지만 동시에 슬픔행 직행열차를 탈 만한 타당한 이유가 있어야 한다고도 느꼈다. 남들에게 설명할 수 있을 만큼 마땅한 이유. 그래서 열다섯에 난생처음으로 실연을 했을 때, 나는 슬펐지만 한편으로는 마음껏 슬퍼해도 되는 티켓을 얻은 게 내심 짜릿했다. 충분히 비련의 주인공이 된 기분을 즐길 수 있겠어. 오랫동안 나는 실연의 웅덩이에서 부러 나오려 하지 않았다.

스물셋까지는 이게 우울인 줄 몰랐다. 늘 은은하게 가라앉아 있었기 때문에 원래 성격이라고만 여겼다. 스무 살이 되면서 처음으로 내가 지쳐 있다는 걸 발견했다. 수능이라는 단 하나의 절대 목표만 보며 달려왔는데 그 후의 삶이 생각만큼 환상적이지 않았기 때문에 김이 샌 거라고 나를 달랬다. 조금 쉬면 나아지겠지, 다시 의욕이란 게 생기겠지, 예전처럼 힘 있게 살 수 있겠지, 그렇지만 저절로 생기는 의욕 같은 건 없었다.

그렇더라도 언제까지고 멈춰 있을 수도 없는 노릇이었다. 여기는 달려야만 하는 곳이다. 어쩔 수 없이 억지로 의욕을 짜냈고, 역시 오래가지 못했다. 뿐만 아니라, 여태껏 겪지 못한 강렬한 우울이 찾아왔다. 억지 의욕의 부작용이었다. 그 덕분에 처음으로 우울을 인지하게 되었다. 둔감한 나조차도 모를 수 없을 정도로 우울이 나를 잠식했다.

죽고 싶은 건 아니었지만 매일 죽음을 떠올렸다. 죽는 건 뭘까, 죽으면 어떻게 될까. 다행히도 학교엘 다니고 수업을 듣고 친구를 만나는 일상은 그럭저럭 유지했으나 자꾸만 늪으로 빠져들어 가는 기분을 어쩌지 못했다. 시커먼 거품 안에 사는 것 같았다. 길을 걸을 때도, 잠을 잘 때도, 책을 읽을 때도 거품이 날 따라다녔다. 내가 힘을 내면 그만일 텐데, 거품 따위 터뜨려 버리지도 못하고 쉽사리 헤어나오지 못하는 나 자신을 바라보는 게 제일 힘들었다. 자연스레 자책과 자괴감으로 이어졌다.

무슨 일이 있는 거냐고 사람들이 물어왔지만 아무 일도 없는 게 더 싫었다. 나는 별일이 없었다. 모두가 납득할 만한 우울의 이유를 댈 수 없었다. 그게 억울했다. 나의 고통을 세상에 인정받지 못한다고 생각했고 그래서 나에게조차 인정받지 못했다. 대체 뭣 땜에 이러는 거냐고 스스로 다그쳤다. 그러다가도 아니, 지금 내가 힘들다는데, 내가 이만큼 힘들 만한 상황이 아니라는 게, 나보다 더 힘든 사람이 있다는 게, 내가 힘든 것을 없앨 수 있는 거냐고 듣는 이 없는 고함을 질러댔다. 한 번도 소리를 갖지 못한 고함이었다. 내 속에서만 소용돌이치는 비명이었다.

매일 답도 없는 고민을 했다. 어떻게 살아야 할지 몰랐다. 나에 대해, 세상에 대해, 인생에 대해 중요한 걸 알아내려 발버둥 쳤다. 다른 사람들을 끝없이 관찰했다. 버스 안에서, 길 가는 사람들을, 친구들을 관찰했다. 인터뷰를 읽고 소설을 읽고 에세이를 읽고 잡지를 읽었다. 그때만큼은 잠시 잊었다. 그리고 도서관을 나오면 또다시 침잠했다. 드라마를 보고 또 봤다. 멋진 사람들처럼 살 수 있을 것 같다가도 사는 게 지겨워졌다. 지하철역에 내려 걷다가 멀리 보이는 우리 집에서 흘러나오는 불빛을 볼 때면 모든 게 피로해졌다. 가장 지겨운 건 나로 사는 것이었다. 나는 왜 하필 나로 태어나서.

학교 상담센터에 찾아갔다. 지금 겪는 어려움이 뭔지 파악하는 접수 상담을 한 시간 동안 했는데 그게 본격 상담인 줄 알았다. 상담사가 내 말을 듣고 적기만 해서 나는 더 힘들어졌다. 고통을 말로 하고 나니 더 고통스러웠다. 나는 지레 단념해버렸다. 대기인원이 많이 밀려 있는 게 오히려 다행이라 생각했다.

나를 큰 애정으로 보듬어주었던 사람은 내게 이렇게 말했다. "너는 너 자신을 좀 더 들여다볼 필요가 있어." 무슨 소리야, 나는 너무 내 안으로 침잠해서 죽겠는데. 수없이 많은 날을 내가 어떤 사람인지 내 문제가 뭔지 규명하려 애써왔는데. 뭘 더 어떻게. 그렇지만 누군가를 좋아하면 그 사람의 본질을 꿰뚫게 되는 걸까.

행복에 관한 심리학 수업에서 인상 깊었던 배움은 '행복이 타고난다'라는 것이었다. 전부는 아니지만 행복의 많은 부분이 선천적인 – 행복에 가장 큰 영향을 미치는 것이 성격이고, 성격의 대부분이 유전자에 의해 결정되는– 것은 내게 굉장한 도전이었다. 무시할 수 없는 비중을 차지하는 그 선천성이 나의 행복을 무섭게 위협했기 때문이다. 나는 행복하지 않은 유전자를 너무나 많이 갖고 있었다.

좀 더 쉽게 행복해질 수 있는 사람이란, 외향성이 높고, 신경증이 낮고, 개방성이 높은 사람이다(현재 심리학계에서는 MBTI가 아니라 Big 5를 가장 공신력 있는 성격 검사로 친다. 성격을 다섯 요인으로 나누어 각각의 요소에서 점수가 얼마나 높고 낮은지 보는 것이다. 외향성, 신경증, 개방성은 성실성, 우호성과 함께 다섯 요소를 구성한다). 그러니까 자극을 좋아하고 활동적이며, 감정적으로 민감하지 않고, 새로운 것에 마음이 열려 있는 사람을 가리킨다. 나의 경우 개방성은 괜찮지만 신경증은 약간 높은 편이고 외향성은 아주 낮게 나왔다. 이어서 교수가 말했다. "아무래도 높은 외향성과 낮은 신경증이 가장 큰 영향을 미치죠, 행복에." 망했다는 말이 절로 나왔다. 완전히 불행을 향해 달려가는 성격이잖아!

몇 년이 지나 심리학 석사 과정을 밟으며 다시 상담을 받아야겠다고 생각했다. 그렇지만 눈앞에 닥친 과제들을 쳐내느라 바쁘다는 핑계를 댔다. 사실은 돈이 걱정이었다. 나도 상담을 공부하고 있기 때문에 상담사가 거쳤을 훈련과 시간을 생각하면 마땅한 비용이라고 여기면서도 부담스러운 건 어쩔 수 없었다. 내가 그러면 안 된다고 생각했지만 조교나 여타 알바로 생활비를 벌기에도 벅찼다. 나중에 돈을 벌게 되자마자 상담을 떠올린 건 자연스러웠지만 실행에 옮기기까지 또 얼마간의 망설임이 있었다. 그렇지만 가장 좋아하던 글 쓰는 시간마저 우울이 지배하기 시작하자 더 이상 머뭇거릴 수 없었다. 우울해서 글을 쓸 수 없다는 건 단지 기분이 가라앉아 있기 때문만은 아니다. 우울이 찾아올 때면 써놓은 글이 아무 가치가 없는 듯이 느껴진다. 모든 문장이 마음에 들지 않고 절대로 좋은 글을 쓸 수 없을 것만 같다. 그게 객관적인 시선이라기보다 비관적이고 자기혐오적이라는 것을 깨달은 순간 상담센터에 전화를 걸었다.

그리고 정신과 진료도 받았다. 나를 위해서 해볼 수 있는 것들을 다 시도해보고 싶었다. 일상생활이 불가능할 정도로 심각한 수준은 아니지만 분명 우울 수준이 남들보다 높고 만성적이라는 검사 결과가 나왔다. 오랫동안 즐거움을 느끼지 못했고 다른 사람과 상호작용하는 게 어려울 거라 했다. 약물치료를 시작했다.

상담과 병원에 다닌 지 그리 오래되지 않았고 내가 극적으로 좋아졌다고 자신 있게 말할 수는 없다. 그렇지만 내가 나 자신을 돌본다는 느낌이 좋다. 어려움이 생기면 당장 가서 이야기 나누고 도움을 청할 전문가가 곁에 있다는 점이 나를 안심하게 만든다. 내가 나의 정신건강을 위해 애쓰고, 전문가의 도움을 적극적으로 구하고, 나를 이해하기 위해 시간과 에너지를 쓰고 있다는 생각만으로 얼마간 건강해지는 기분이 든다. 방을 치우고 집을 가꾸면서 갖는 기분과 비슷하다. 상담과 병원 진료를 마치고 나오는 길에 나는 두 가지 측면에서 고양된다. 전문가와 직접 이야기하며 나에 대해 새로이 알게 된 것들을 곱씹는 게 하나, 스스로가 대견하게 생각되는 기분이 둘이다. 당장에 변화가 보이지 않더라도 변화를 기다릴 힘이 생긴다.

그리고 이것이 바로 자신을 돌아보는 작업이라는 걸 깨닫고 있다. 여태 내가 들여다봤던 건 내 마음이 아니라 그저 부정적 감정에 빠져 있는 나 자신이었던 것 같다. 슬퍼할 만한 가상의 상황들을 끝없이 재생하며 파고드는 건 들여다보는 게 아니었다. 구경할 뿐이었다. 내가 나에게 가졌던 관심은 나를 느끼는 게 아니라 분석하려던 것이었다. 나의 성격, 결핍, 욕구를 분석하는 게 어딘가에는 분명 쓸모가 있을 테지만 우울에는 딱히 도움되지 않았다. 감정을 충분히 느끼고 왜 그런 감정을 갖는지 자신에게 묻고 대화하는 것, 그게 나에게 필요한 부분이었다.

하루는 학습효과를 떨어뜨리는 태도에 관한 글을 읽었다. 자료 수집에만 집착하거나 다른 사람의 인정을 바라면 뭘 배우는 데 도움이 되지 않는다는 연구결과가 나오고 있었다. 처음 든 생각은 '이거 난데?'였다. 자, 그렇다면 으레 이어져야 할 익숙한 곳은 자책과 절망일 터였다. '역시 난 안 돼'라거나 '나는 이런 것조차 문제야', 아예 몇 단계를 건너뛰어 '사는 게 힘들다, 나는 사는 데 맞지 않는 사람인가 봐'가 지금껏 숱하게 갔던 목적지다.

그런데 '이거 난데?' 다음으로 도달한 곳은 놀랍게도 처음 가본 낯선 곳이었다. '이런 글이 나왔다는 건 나만 그런 게 아니라 다른 사람들도 어렵다는 뜻인가 봐. 다음에는 적용해봐야겠다.'

세상에, 내가 이렇게 긍정적인 생각을 하다니. 나는 정말 나아지고 있는 걸까? 이 글을 쓰는 지금도 여전히 우울하지만 나아질 수 있을 수도 있다. 그런 생각만으로 조금 숨통이 트이는 것만 같다. 확신하지 못하는 나여도 다그치지 말고 다독이며 들여다 봐주어야지. 햇볕이 쨍하게 내리쬐지는 않아도 먹구름이 흰 구름으로 바뀔지도 모르잖아.

드라마를 보고 또 봤다. 멋진 사람들처럼 살 수 있을 것 같다가도 사는 게 지겨워졌다. 지하철역에 내려 걷다가 멀리 보이는 우리 집에서 흘러나오는 불빛을 볼 때면 모든 게 피로해졌다. 가장 지겨운 건 나로 사는 것이었다. 나는 왜 하필 나로 태어나서.

가볍고 작은
관계들이 소중해

첫 회사에 다닌 지도 세어보니 십 년 전이다. 다 같이 어리바리했던 동기들은 이제 어엿한 과장이 되어 있겠지. 연봉은 얼마나 받을까? 첫 회사를 떠올리면 제일 먼저 돈 생각부터 들고 만다. 나도 계속 다녔더라면, 어떻게든 버티고 버텼더라면, 그곳이 나한테 허락된 유일한 선택지라 여겼더라면, 지금쯤 서울에 집 한 채 정도는 장만할 수 있었을까? 그러면서도 명의만 내 집이지 실은 은행 집이라고, 오로지 화장실 한 칸만이 내 것일 뿐이라고 그런 우는소리를 하며, 그렇지만 이 년 뒤에 또 집값이 오르거나 집주인이 들어와야 한다는 이유로 새로 집을 알아보는 걱정 없이, 한곳에 뿌리내리고 그렇게 살고 있었을까?

무리였을 것이다. 일 년 반을 다니면서도 죽을 것 같았는데 십 년이라니. 첫 회사에서 나는 마지막 잎새였다. 나를 바라보며 버틴다던 동기가 별명을 지어주었다. 아마도 내가 마지막 희망이라기보다 자칫하면 떨어져 버릴 듯 위태로워 보였기 때문일 것이다. 결국 나는 나무에서 떨어지고 말았지만 그는 살아남아 무사히 과장이 되었다고 한다.

마지막 잎새로 살면서 의지했던 건 역시나 다른 잎새들이었다. 나를 보며 버틴다던 동기도 실은 같은 처지였다. 그는 이제 짙푸른 줄기쯤 되었겠지만 십 년 전에 우리는 한 줄기 바람에도 파르르 떠는 잎새였다. 팀장에게 깨지고 자리로 돌아오면 십 분쯤 지나 슬그머니 메신저가 뜬다. "편의점 갈래?" 실시간으로 내 마음을 알아주는 건 역시 같은 팀의 동기뿐이다. 우리는 눈에 안 띄게 시간 차를 두고 일어선다. 엘리베이터 앞에서 만나면 그제야 크게 숨을 내뱉어 본다. "아니, 지난번에 팀장이 분명히 그렇게 하라고 했단 말이야." 주위를 살피며 조그맣게 답답한 속을 털어내기 시작한다. 동기와 나란히 아이스크림 하나씩 입에 물고 속 푸는 십여 분간의 시간이 없었다면 나는 아마 일 년도 채우지 못했을 것이다.

"이거 대체 어떻게 하는 거야?"

"나도 몰라. 지금 삽질 중."

"일단 엑셀로 브이룩업(Vlookup) 함수 걸어봤는데 안 나오네."

"오, 그런 방법도 있나. 그러고 보니까 아까 대리님이 설명하면서 무슨 함수 걸긴 하던데."

"정 선배한테 물어볼까?"

"지금 바빠 보이는데……. 내가 이따 상황 봐서 슬쩍 물어볼게."

둘이 의논한다고 뾰족한 수가 나오는 건 아니지만 그저 모른다는 이야기를 메신저로 나누는 것만으로도 위안이 되었다. 아침에 종종 지각하는 동기의 컴퓨터를 미리 켜놓는 일도 역시 동기인 나 말고 또 누가 해 줄 수 있을까.

십 년 전 그때는 그렇게 지냈던 사람들이다. 나를 아무리 사랑하는 부모도 연인도 친구도 도와줄 수 없는 일들이 있었고 우리는 만난 지 몇 달 되지 않았지만, 회사 안에서만큼은 산처럼 의지 되는 사이였다. 내가 퇴사하던 날, 동기는 "힘겨운 날에 너마저 떠나면 비틀거릴 내가 안길 곳은 어 - 허디에" 김현식 노래를 구슬프게 불렀다.

퇴사하고도 얼마간은 자주 봤다. 회사 근처로 점심시간

에도 찾아가고 저녁시간에도 찾아갔다. 내가 나를 구해냈다는 생각이 들면서도 여전히 그곳이 내 세상인 것 같았다. 인생이 새로운 챕터로 넘어갔다는 걸 알면서도 바로 발걸음이 산뜻하게 옮겨지지 않았다. 첫 사회생활이란 게 강렬한 경험인 탓일 테고 함께 전장을 헤쳐나갔던 전우에 대한 정은 쉬이 사라지지 않기도 해서.

정기적으로 만나 회사 사람들은 여전하다는 소식을 듣고 누가 어디로 옮겼다는 소식도 듣고 추억을 곱씹었다. 서로의 결혼식에 축의를 보냈다. 시간이 흐르고 점점 서로가 없는 각자의 세상에 적응해나갔다. 내가 없는 동기들의 일터, 동기들이 없는 또 다른 나의 일터. 아쉽지만 자연스러운 일이었다. 회사만이 아니라 그곳에서 함께한 사람들 또한 내 삶의 이전 챕터에 속한 존재라는 걸 서서히 받아들였다.

한때 소중했던 관계가 계속 이어지지 않는다고 해서 가슴을 치지는 않는다. 그때는 그들과의 관계가 큰 힘이 되었고 의지가 되었으니 그 자체로 소중하다. 십 년이 지나서도 유지되지 않는다고 의미가 퇴색됐다고 생각하지 않는다. 끊어진 관계가 영원히 끊어진 거라 단정 짓지도 않는다. 지금은 우리가 공명하지 않을 뿐이다. 상황이든 지향이든 무언가가 다시 이어진다면 또다시 좋은 관계를 나눌 수도 있겠지. 지금은 지금의 좋은 관계에 충실하면 된다에 가까운 태도.

관계에 관하여 자주 자책했다. 나는 왜 친구 관계가 오래 유지되지 않을까. 내가 그만큼 인간적인 매력이 없는 걸까. 그 애는 내가 더 이상 궁금하지 않은 걸까. 어쩌면 먼저 흥미를 잃은 건 내 쪽일지도 모르면서! 먼저 관심을 기울이고 연락을 건네는 노력을 기울이지도 않으면서 자괴의 땅굴을 파고 들어가는 것처럼 어리석은 일이 없다. 죽마고우의 존재가 내 인간성을 증명해 줄 거라 믿었다. 그러니까 이 자책은 상대를 그리워하기 때문이 아니라 나 자신에 대한 긍정적인 인상을 위한 것이다.

관계의 길이를 따지지 않으려 한다. 십 년 지기, 이십 년 지기, 시간에 비례하여 관계가 무르익는 것도 아니다. 시간은 그저 흐른다. 몇 년 친구라는 건 상대를 처음 알게 된 날이 언제인지를 가리키는 게 전부일 수 있다. 함께 보낸 시간이 의미 없다는 게 아니라 무조건 오래된 관계라고 깊이 있는 것도, 안 지 얼마 되지 않았다고 하여 가벼운 것도 아니라는 걸 알게 되었다는 뜻이다.

이렇게 말하는 데에는 열일곱부터 죽고 못 살던 친구들과 헤어진 탓이 없지 않을 것이다. 우리는 빨간 머리 앤과 다이애나처럼 편지를 주고받을 때마다 영원을 맹세했다. 앤만큼 멋진 언약은 아니더라도 우리 우정 뽀레버, 영원히 친구 하자, 할머니가 되어서도 사이좋게 지내자는 말에 진심을 담았다. 매년 생일과 크리스마스를 함께 보냈고 해리 포터 시리즈가 개봉할 때마다 같이 영화관에 달려갔고 싸이월드 비밀 다이어리를 썼다. 서른을 앞두고 그룹이 무참히 깨졌을 때, 받아들이기가 쉽지 않았다. 우리가? 이렇게 갑자기? ……정말 우리가?

당연하던 것들이 어느 순간 하나도 당연하지 않게 되었다. 생일에 12시 땡 하길 기다렸다가 축하 메시지를 보내던 것, 심심하면 전화를 걸던 것, 갑자기 불러내 떡볶이를 사 먹고 동네를 걸어 다니던 것, 서비스 시간이 끝날 듯 끝날 듯하다 사장님이 먼저 지칠 때까지 노래를 불러대던 것, 시시콜콜한 일부터 심각한 고민까지 전부 나누던 것, 서로의 가족을 알고 집에 놀러 가고 애인을 소개시키는 그런 일들 전부.

깨지니까 깨졌다. 깨지는 일 앞에서 세월이란 별다른 소용이 없었다. 우리는 한 달 전에 알게 된 직장 동료보다 못한 사이가 되었다. 같이 늙어갈 줄 알았는데 서로의 열일곱부터 스물아홉까지만 알게 되었다.

세월은 무엇도 보장해 주지 않았다. 중요한 건 시간의 길이가 아니었다. 그 시간 동안 어떤 마음을 나누었는지, 과거에 쫀쫀했던 애정이 지금은 어떠한지, 어떻게 갈등을 해결하는지, 서로에 대한 의지는 얼마나 있는지……. 나는 더 이상 시간에 집착하지 않는다. 몇 년 지기, 베스트 프렌드, 절친 같은 말들에도 그렇다. 관계는 현재에 있다.

프리랜서로 일을 시작하며 동료의 존재가 그리워졌다. 역시나 경험하기 전에는 알지 못했던 감각이다. 매일 안부를 묻고 출근길에 있던 자잘한 일을 이야기하고 같이 점심을 먹는, 일상을 함께하는 관계가 하루아침에 없어지자, 외로워졌다. 고립감이 찾아왔다. 그들을 완벽하게 좋아한 것도 아니었고 매일 깊이 있는 대화를 나누던 것도 아니었는데, 오히려 의견이 부딪칠 때도 많았고 근무 방식이 마음에 안 들어 혼자 투덜대기도 했는데 빈자리가 컸다. 당시에는 의미 있다고 여겨본 적 없던 관계가 나의 어떤 필요를 채워주고 있었던 것이다.

지금 출근하는 스타벅스에서는 사람들과 대화를 나누지 않는다. 주문도 사이렌 오더로 시키니 특별한 일이 없으면 나의 하루에 대화는 없다. 혼자 일하는 자유와 독립을 사랑하지만 가끔은 약속 없이도 매일같이 만나는 사람들과의 대화가 사무치게 그리워진다. 안녕하세요, 오늘 날씨 좋죠, 어제 뉴스 봤어요?

돌아가고 싶은 건 아니다. 혼자 점심 먹을 자유, 말하지 않을 자유를 얼마나 원했던가. 말하지 않을 자유에는 고독이 함께한다. 그래서 애써 만남을 만든다. 같이 운동하는 친구, 같이 글 쓰는 친구, 같이 드럼을 배우는 친구. 각각이다. 그들 모두와 최고로 친밀한 관계를 만들지 못해도 괜찮다. 티끌만 한 시간만 함께하더라도 관계를 깎아내리지 않는다. 지금 이 순간에 우리가 함께, 즐겁다는 것 말고 중요한 것은 없다.

완전한 관계가 아니면 의미 없다고 여겼던 과거의 절망을 지나, 그게 자연스러운 작은 관계들에도 저마다의 가치를 둔다. 작지만 충분한 관계 속에서 위로하고 위로받는다. 가벼운 관계들이 나에게 가벼운 활력을 준다. 지금 곁에 있는 당신들이 소중하다.

관계의 길이를 따지지 않으려 한다. 십 년 지기, 이십 년 지기, 시간에 비례하여 관계가 무르익는 것도 아니다. 시간은 그저 흐른다. 몇 년 친구라는 건 상대를 처음 알게 된 날이 언제인지를 가리키는 게 전부일 수 있다. 함께 보낸 시간이 의미 없다는 게 아니라 무조건 오래된 관계라고 깊이 있는 것도, 안 지 얼마 되지 않았다고 하여 가벼운 것도 아니라는 걸 알게 되었다는 뜻이다.

나의 돈키호테,
세상과 소개팅

　스물셋의 가을, 나는 인사동 쌈지길에서 몇 분째 초조하게 서성이고 있었다. 계단을 내려가기만 하면 목적지에 도착하는데 마지막 걸음을 내딛기 위한 용기가 나지 않았다. 계속해서 스스로 어르고 달래는 중이었다. 괜찮아, 들어갈 수 있어. 한번 해보자. 불행히도 공고를 늦게 확인해서 첫 모임을 놓쳤고 도중에라도 참여하고 싶어 발걸음한 참이었다. 그렇지만 직전에 도무지 발이 떨어지지 않는 것이다.

　재미있어 보이는 행사의 자원봉사자가 모이는 자리였다. 나는 공연기획에 흥미가 있었고 행사 진행 과정을 곁에서 보고 싶었다. 이십 대 초반의 젊은이들이 잡다한 행사에 스태프로 지원해 운영을 돕고, 그것이 일종의 경력이 되던 시절이었다. 지원하는 입장에서는 현장 분위기를 느끼며 업무도 간접적으로 경험하고 잘하면 업계 인맥을 만들 수 있는 기회였고, 주최 입장에서는 공짜로 젊은 인력을 부릴 수 있어 양쪽의 니즈가 맞아떨어졌다. 젊은이들이 그런 곳에서 별다른 것을 얻지 못한다는 사실을 알기 전까지 그랬다.

문 앞에서 서성대는 시간이 길어질수록 용기는 비례하여 줄어들고 있었다. '원해서 온 거잖아, 하고 싶어서 여기까지 왔잖아'로 시작된 내면의 목소리는 어느덧 '여기서 왜 이러고 있어? 안 들어가면 어색할 일도 쪽팔릴 일도 억지로 사교성을 발휘할 필요도 없어. 돌아서서 집에 가면 그만이야'로 바뀌어갔다.

계단 아래 닫힌 문 사이로 사람들의 왁자지껄한 말소리, 웃음소리가 새어 나왔다. 그것은 문밖에 서 있는 나를 향해 우리는 이미 친해졌고 네 자리는 여기 없다는 선언처럼 느껴졌다. 사리 분별력은 이럴 때 꼭 제로가 된다. 결코 그럴리 없다는 걸 알면서도 머리와 마음이 따로 논다.

어지러운 발자국을 몇 분 동안 찍고 찍다가 결국 돌아서고 말았다. 아무 일도 일어나지 않는 안온한 세계로 발걸음을 돌렸다. 쪽팔릴 일은 없지만 환호할 일도 없고 그렇지만 자신이 초라하게 느껴지는 것만큼은 어쩔 수 없는 채로. 문 안에서 무슨 일이 일어났는지 영영 알 수 없게 되었다. 그리고 쌈지길은 나의 용기 없음을 상징하는 흑역사가 되어 기억 한구석을 끈질기게 차지하고 있다. 뭐든 해봐야 알 텐데, 첫 단추를 잘못 끼운 탓인지 공연기획 업계와는 아주 멀어지고 말았다.

집으로 돌아오는 버스에서 차창으로 비치는 내 모습이 그토록 처량할 수 없었다. 나를 견딜 수 없어 무작정 내려 길을 걸었다. 종로쯤에서 세븐일레븐에 들어갔고 작은 신라면을 골라 뜨거운 물을 부었다. 초가을 밤은 꽤 쌀쌀했고 길바닥에서 자신의 초라함을 마주하느라 에너지를 다 써버린 스물셋은 허겁지겁 국물을 들이켰다.

나에게는 돈키호테 같은 친구가 있다. 내가 붙인 별명은 아니고 또 다른 친구가 만든 별명이다. 생각만 많고 행동은 하지 않는 햄릿 같은 자신에게 이거 좋더라, 같이 해보자, 손목을 잡아끄는 사람이란다. (이에 관해서는 독립출판 에세이집 《솔직해지는 연습》에 실린 〈내 인생을 망치러 온 돈키호테〉(부스러기 씀)에 자세히 적혀 있다.) 그런 이유라면 역시나 나에게도 그는 돈키호테 같은 존재다.

돈키호테가 그 가을 저녁 내 곁에 있었더라면 망설일 필요조차 없이 그는 당연한 발걸음으로 계단을 내려갔을 것이고, 나에게는 철근 같이 느껴지던 문을 한 손가락으로 팔랑, 가볍게 열고서 말했을 것이다.

"뭐해? 얼른 와, 들어가자."

머뭇대며 들어간 나 대신 늦어서 미안하다 인사하고 원래 그곳에 있던 사람인 마냥 사람들 틈에 섞일 것이다. 그 전의 분위기 같은 건 기억도 안 날 정도로 분위기를 자신에 맞게 바꾸어 버릴 것이다.

"여기 되게 재밌네요. 이제 온 게 아쉬워요."

그리고 나를 가리키며 말할 것이다.

"저기 제 친구가 소개해 줘서 왔어요. 멋있는 사람들 많을 거라고 오고 싶어 했어요. 제 친구는 심리학 전공하고 글도 써요."

모임에 대한 애정을 대신 전해 주고 나는 차마 하지 못한 민망한 자기소개까지 해 줄 것이다. 나는 더 이상 늦게 온 정체불명의 1인이 아니라 행사에 애정이 있고 재미있는 친구까지 함께 데려온 사람이 된다. 글쓰기나 심리학에 관심 있는 사람이라면 한번쯤 내게 다가와 말을 붙일지도 모른다.

타고나길 수줍고 민감하고 조심스러운 나는 정해진 내 세계에서 안온함을 느낀다. 그렇지만 담장 밖의 멋지고 매력적인 세계에 흥미가 없는 건 아니라서 고개를 빼꼼 내밀고 동경의 눈빛으로 다른 세상을 구경하고 있노라면 어느덧 그가 곁으로 다가온다.

"뭐에 흥미가 있어?"

내가 바라보는 곳에 같이 눈길을 주는 사람.

와이낫(why not)? 같은 사람이다. 저거 재밌겠다, 근데 나랑은 안 맞을 거야…… 지레짐작하고 있으면 그는 앞의 말에만 집중한다.

"재미있어 보여? 그럼 가볼까?"

그는 거침없이 그러나 섬세하게 새로운 세계로 안내한다. 뭐든 혼자 하는 게 익숙한 나를 어디론가 데려간다. 우리는 함께 음악 공연을 보고 시인의 낭독회에 가고 작가의 강연을 듣는다. 그중 으뜸은 단연코 새로운 사람들을 만나는 일이다.

"나 생일파티 할 거야. 그날 우리 집으로 와."

가보면 처음 보는 사람 열댓 명이 거실에 가득 앉아있다.

나는 웬만해서는 그의 제안을 거절하지 않는다. 모든 제안이 성공적인 결과를 가져오지 않는대도 그렇다. 처음에는 언제나 나와 맞지 않는다고 느껴진다. 무리야. 에너지를 다 써버리고 말 거야. 부정적인 생각들 사이를 간신히 한 줄기 의지가 뚫고 나와 개미만 한 목소리로 답한다. 응, 갈 게. 고마워.

갓 성인이 되었을 때는 모든 것이 새로웠다. 눈에 닿는 것마다 새로웠던 세상이 있었다. 어지러울 정도로 새로운 세상에 내던져진 기분은 외롭고 떨리고 상기되었지만 어느 순간 익숙해지고 지루해졌다. 그런데 여전히 새로운 세상을 소개해 주는 사람이 바로 돈키호테다. 그러니 나는 나에게 내미는 그의 손을 늘 잡고 싶다. 덥석은 못 잡아도 슬그머니 손을 내밀어본다. 너의 세상에 나를 데려가 줘. 나는 너에게 뭘 해 주지? 너는 어리석은 질문이라는 듯 고개를 젓는다. 그냥 오기만 해. 그걸로 충분해. 너는 내 손을 잡아 끈다.

관계를 끊임없이 규정하려던 버릇이 있었다. 이름을 붙이고 깊이를 가늠하는 것. 나의 가장 친한 친구는 누구지, 그에게 나도 가장 친한 친구가 맞나. 아무래도 이건 학창 시절 탓이다. 소풍 갈 때 손을 잡아야 할 친구, 수련회 가는 고속버스에 나란히 앉을 친구를 정해야 했던 것 때문에. 단

짝이 없으면 도태되는 잔인한 세계는 짝꿍을 하는 관계가 다른 관계보다 우월하다고 생각하게 만들었다. 관계의 깊이에 집착했다. 가장 친한 친구가 따로 있어도, 서로 짝꿍이 아니라도 같이 노는 게 즐거운 친구들이 있었는데도 내가 어디에 속했는지를 계속해서 의식했다.

그래서 친구의 친구에 대해서는 질투하는 것밖에 몰랐다. 나랑 친한 만큼 그 애랑도 친해? 혹시 나랑 안 하는 걸 그 애랑 해? 그 애가 널 더 많이 알아? 그렇지 않은 세상이 있다는 걸 서른이 다 되어서야 알았다. 나의 돈키호테를 만나면서 질투 말고 더 좋은 걸 할 수 있다는 걸 배웠다. 바로 친구의 친구와 친구가 되는 것.

돈키호테는 자꾸 자기 친구를 나한테 소개시켜줬다. 다른 친구를 만나는 자리에 나를 불렀고, 나와 만나기로 한 날에 친구를 데려왔다. "그냥 너랑도 잘 맞을 것 같아서." 그게 다였다. 진짜로 나는 돈키호테의 친구들과 잘 맞았다. 그들과 나는 함께 운동하고 악기를 배우고 여행을 간다. 돈키호테, 네가 없었더라면 나의 교우관계는 얼마나 척박했을지! 내가 좋아하는 이가 좋아하는 사람이라면 나도 좋아할 가능성이 크다는 것을, 어쩌면 당연한 사실을 조금 늦었지만 너무 늦지는 않게 알게 되었다. 친구의 친구를 질투하는 세상과 친구의 친구와 친구가 되는 세상은 몰랐을 땐 멀었고 알고 나니 가까웠다. 진작 알았으면 좋았을걸. 그랬다면 단짝을 독점하려고 애태우는 대신 그와 함께 더 많은 사람과 친구가 되었을 텐데.

그래도 역시 가장 좋은 건 돈키호테, 그와 같이 보내는 시간이다. 우리는 지난여름 바닷가에 갔다. 몇은 바다 수영을 하고 나는 돈키호테와 파라솔 아래 누웠다. 이 시대의 사랑. 그가 가져온 시집을 나는 무심히 뒤적거렸다. 시는 잘 모르겠어. 뜨거운 여름 바람이 불어왔다. 단단해 보이는 모래사장에 사람들의 발이 푹푹 빠졌다. 개 같은 가을이 쳐들어온다고? 얇고 가느다란 시집 속 글자들이 이상하게 가슴을 찌르듯 파고든다. 내 몸에 시구들이 달라붙는다. 심장이 벌렁거리고 몸이 뜨거워진다. "너무 좋아, 이것 봐, 여기 좀 읽어 봐." 함께 나눌 그가 곁에 있다. 그는 내가 내민 페이지를 읽더니 이 노래가 어울릴 것 같아, 음악을 튼다. 환상 같은 시간, 환상 같은 모래사장, 환상 같은 여름 바람.

"나는 몇 번 갔다고 알은체를 하면 아무리 좋아하는 가게라도 다시는 가지 않아."

내 말에 돈키호테는 놀란 눈으로 외친다.

"나랑 완전 반대야!"

타고난 외향성의 차이로 나와 그는 다르게 산다. 나는 상대적으로 적은 에너지와 내향성을 받아들였고 거기에 맞는 삶의 전략을 짠 지도 오래되었다. 익숙하고 적절한 나의 세상에 돈키호테는 명랑하게 틈입해오는 존재다. 똑똑 문을 두드리고 열린 틈 사이로 새콤달콤한 자극을 들이민다. 덕분에 나는 좀 더 풍성해지고 알록달록해진다. 가끔 용기가 필요할 때마다 나는 그를 떠올린다. 돈키호테라면 어떻게 할까? 그렇게 한 발짝 더 내밀어보는 것이다.

4장

현명함 대신 나대기를,

당연함 대신 불편함을

욕망 당하기를
욕망하다

이것을 처음 깨닫고 남편에게 말했을 때, 그는 되물었다. "그게 정확히 무슨 뜻이에요?" 뭘 어디서부터 어떻게 설명해야 할까. "내가 원한 게 남자에게 욕망 당하는 것이었다는 뜻이에요. 나 자신의 욕망은 없는 채로요." 그대로 풀어 말할 수밖에 없었다.

이십 대의 자존감은 남자에게 얼마나 욕망 당하는지에 따라 오르락내리락했다. 그 게임에서 아주 나쁘지는 않은 결과를 내었기 때문에 내가 할 만한 게임처럼 보였다. 하지만 알거나 알지 못하는 남자가 관심을 보이는 게 마냥 좋은 일은 아니었다. 그들은 의도가 어떠했든 위협적이고 섬뜩할 때가 있었다. 불쾌하고 당황스러웠다. 그러나 부정적인 감정은 나에게조차 온전히 이해받지 못했다. 욕망 당하는 건 좋은 일이어야 했으니까. 사실은 그렇게 좋을 것도 없는데, 좋다고 말하기 어려운 것보다 나쁘다고 말하기가 더 어려웠다. 남자에게 욕망 당하는 게 세상에서 가장 값진 일인 양, 남자들을 휘두르는 알량한 '권력'을 갖게 되는 양, 성적 매력이 '여자'로서의 존재가치인 마냥, 이 사회는 여성들에게 그렇게 주입하고 그와 관련한 여성들의 고통이 드러나지 못하게 입을 막아왔다.

그리하여 나는 부정적인 감정을 늘 홀로 삭였고, 남자에게 대쉬를 받았을 때 내가 기분이 좋은지 나쁜지도 알기 어려운 모호한 상태가 지속되었다.

갓 대학에 입학한 어느 날, 도서관에서 모르는 남자에게 포스트잇이 붙은 오렌지 주스를 받았다. 쪽지 내용은 그다지 인상적이지 않았지만 주스만큼은 기억에 또렷이 남아 있다. 포장을 뜯지 않은 병 음료였다. 생애 최초의 헌팅이었다. 처음이었던 만큼 나는 어떤 감정이 생길 새도 없이 그저 새로울 뿐이었다.

친구들을 만나 이야기했을 때 그중에는 내가 입학할 때부터 좋아했던 남자애도 있었다. 내 말을 들은 그 애는 묘

하게 기분 나쁜 미소를 짓더니 "자랑하는 거냐?"고 이죽거
렸다. 나는 예상치 못한 반응에 당황했다. 이어서 "음료에
뭐 들어있는 거 아냐?" 농담처럼, 그러나 완전히 농담은 아
닌 듯이 그 애는 딴청을 피우며 말했다. 이건 또 무슨 말이
야. 되물어도 그 애는 별일 아닌 듯 또 별일인 듯 그냥 그럴
수 있다고만 했다. 어찌 보면 방어적인 태도였고 어찌 보면
공격적인 태도였다. 다른 친구들이 별 반응을 보이지 않는
동안 그 애는 계속해서 덧붙였다. "조심해. 먹지 말고 버려.
뭐가 들었을지 알 게 뭐야." 그 애의 표정이나 말투가 정말
로 나를 걱정하는 것 같지 않아서 더 어리둥절해졌다. 대체
쟤는 뭘 말하고 싶은 거야. 그렇지만 무슨 뜻인지 몰라도
경계태세가 발동했다.

그 애를 믿어서가 아니라 혹시 모를 일에 나를 보호하기
위해서 버리긴 버려야겠는데, 혹여 준 사람이 보고 앙심을
품을까 봐 걱정됐다. 이런 걸 줄 정도면 나를 어디선가 지
켜보고 있을지도 모르고, 자신의 호의가 무시당했다는 생
각에 해코지할지도 몰라. 처음 겪는 일이라도 경계에 필요
한 행동에 관해서는 충분한 데이터를 갖고 있었다. 학교에
서부터 집 근처까지 그대로 들고 와 그제야 지하철역 쓰레
기통에 주스 병을 내동댕이쳤다. 음료에 뭘 넣을 수도 있다

는 기묘한 생각을 그 애는 왜 한 걸까? 나는 머릿속이 복잡했다. 그 애가 이상한 방식으로 드러낸 감정은 뭐였을까? 나중에 들으니 그 애도 나에게 호감이 있었다고 했다. 그래서 질투가 났던 걸까? 질투라 해도 대체 왜 그런 방식으로 표현했을까. 그 웃음은 분명 음습했다. 나를 비웃는 것 같기도 하고 내가 모르는 무언가를 자기는 알고 있다는 자만 같기도 했다.

그 애가 한 말의 뜻을 정확하게 이해한 것은 오랜 시간이 지나서였다. 상대가 목숨에 지장이 없는 선에서 의식을 잃게 만드는 일명 강간 약물인 GHB부터 돈과 권력이 있는 남성들의 강간과 성 착취와 불법 촬영, 그걸 올려 돈을 버는 웹하드, 또 그걸 황금이라 부르며 좋은 걸 나누듯이 돌려보는 남성들까지, 많은 걸 알게 되었다. 십오 년 전 도서관 앞에서 오렌지 주스를 들고 있던 내게 그 애가 했던 말이 바로 이런 것이었겠지. 모르긴 몰라도 본질이 그다지 다르지 않을 것이다.

그간 세상이 여성들에게 철저히 비밀에 부쳤던 진실들. 소라넷과 n번방과 웰컴투비디오는 갑자기 튀어나온 괴물이 아니다. 남자가 관심 있는 여자에게 건네는 음료에 뭔가가 들어있을 수 있다는 인식과 그리 멀지 않다. 그것이 얼마나 심각하게 잘못된 일인지 자각이 없는 채 단지 라이벌을 견제하는 수단으로 사용하는 정도의 의식, 바로 거기에서 차근차근 쌓아 올려진 문화일 것이다.

전화를 안 받으면 그런가 보다 할 것이지 무례한 줄도 모르고 밤늦게 집 앞으로 찾아오고, 오랫동안 지켜봤다는 말이 낭만적으로 들릴 거라 착각하고, 지하철을 따라 내려 거절 의사를 밝혀도 끈질기게 따라붙고, 그렇게 여자들의 경계심을 높이는 게 자기 자신들인지 남자들은 모를 것이다. 아니, 아는 것 같기도 하다. 다른 남자 얘기에는 혹시 있을지 모를 위험들을 줄줄 늘어놓는 걸 보면 때로는 여자들보다 훨씬 더 잘 알고 있는 듯하다. 남자는 다 늑대라며 딸이나 여동생의 애인을 감시하려 들고, 너는 믿지만 그 남자를 못 믿는다며 여자친구의 인간관계를 통제하려는 남자들을 볼 때면 이 사람 지금 자기소개를 하는 건가 싶다. 남자를 잠재적 가해자 취급하는 건 누구보다 그들 자신이다.

그렇지만 원할 때는 손쉽게 얼굴을 바꾼다. 모든 남자를 조심하면서도 자기 자신에 대해서만은 나쁜 생각을 하지 말아주길 부탁한다. 그게 얼마나 모순적인지 왜 모를까.

"저 나쁜 사람 아니에요", 그 말을 하도록 만드는 건 누구일까. '나쁜' 남자들에게 가서 너희 때문에 모든 남자 이미지가 안 좋아지니 당장 똑바로 살라고 호통을 칠 게 아니라면, 자기가 나쁜 사람이 아니라고 여자들을 설득할 생각은 버려야 하지 않을까.

나는 남성의 갑작스러운 접근에 응한 적이 없는데 다짜고짜 호감을 표하는 것에 즉각적인 거부감이 들었기 때문이다. 그런 식의 접근에 내가 만만해 보이는 탓도 있다고 생각했다. 그럼에도 누군가 관심을 보이면 우쭐해질 때가 있었다. 지나가던 이가 번호를 물어본 날에는 오늘 옷차림이 괜찮았나 거울에 비추어보게 되고, "너무 제 스타일이셔서요" 같은 말을 들으면 '당신은 내 스타일이 아니네요' 속으로 생각하더라도 자연스레 뿌듯한 마음이 들고 마는 것이다.

남성 사회에서 여성이 일시적이고 표면적으로 인정받는 게 젊은 여자로서의 매력이었다. 그들은 나를 항상 성적인 (fuckable) 대상으로 대했고 그건 그들의 인간적인 선의나 호의로 보이는 것 아래에 탄탄하게 자리한 두터운 전제 같은 것이었다. 나는 그것을 즐기기도 했고 피곤해하기도 했다. 애인을 사귄 지 얼마 안 되었을 때 친구가 기대에 찬 눈빛으로 내게 물어왔다. "그 애랑 사귀어서 제일 좋은 게 뭐야?" 연애의 달콤함이나 상대의 장점 같은 걸 듣고 싶었던 것 같지만 나는 갖고 있는 답변이 너무나 확실해서 단숨에 대답해버렸다. "다른 남자들이 나한테 접근 안 하는 게 너무 좋아." 그러자 그는 실망한 듯했다. "단지 다른 사람들의 대쉬를 막을 수 있어서 좋다고? 그게 연애의 제일 좋은 점이라니, 좀 슬프다." 무슨 말인지는 알지만 친구의 슬픔을 나눌 수는 없었다. 원하지 않는 상대에게 원하지 않는 장소에서 원하지 않는 성적 접근을 받는 게 좋은 일만은 아니라는 걸, 가끔은 전부 차단해버리고 싶다는 걸, 종종 불쾌하고 때로 위협적이라는 걸, 남자인 그 친구가 이해하긴 어려웠을 것이다.

그럼에도 나는 성적으로 매력적이길 원했다. 애인이 나에게 여전한 성욕을 갖는 게 나를 사랑하는 증거라고 생각했다. 남자들도 그런 생각을 할까? 애인에게 성욕을 불러일으키지 않으면 남자로서 가치가 없다고 여겨본 적 있을까? 애인이 나와 자고 싶어 하는 걸 보면서 나도 모르게 안심하고, 그렇지만 동시에 부담스러웠던 적은? 내 사랑을 증명하려면 언제든 섹스에 응답해야 한다는 압박을 느껴본 적 있을까? 애는 나를 이러려고 만나나 머리가 차가워지다가도 나도 만지고 키스하고 싶은 마음이 있으니 같은 거겠지, 혼란스러운 마음을 상대에게 말도 못 하고 잠재우려 애써본 적이 있을까? 모텔에서 나와 집으로 들어갈 때, 양육자 얼굴을 보고 죄책감이나 수치심을 느껴야 하나 고민해 본 적 있을까? 내 섹스랑 엄마가 무슨 상관이야 싶다가도 다들 비슷한 말을 할 때마다 내가 이상한가 자신을 의심한 적 있을까?

자신을 성적인 존재로만 취급하는 건 나조차 마찬가지였다. 여자에게 성적 매력이 중요하다는 생각을 너무 오래 내면화했다. 남자들에게 사랑받고 인정받는 게 중요해서, 그러려면 여자로서의 매력이 중요해서, 내가 나를 이용했다. 결국 아무 쓸모 없는 남자들의 관심을 얻겠다고 내가 나를 지웠다. 성적 매력이 없는 여자는 사람 취급도 안 하는 사회에서 내쳐지지 않으려 최선을 다해 사회의 기준을 따랐다. 예뻐지고 섹시해지기 위해 굴복인지도 모른 채 굴복해왔다.

욕망 당하기를 욕망했다는 걸 깨달아버렸다. 그건 사회

에서 내게 허락한 유일한 욕망의 자리였다. 스스로 객체가 되고 수동태가 되는 자리. 그걸 깨달은 순간 다시는 과거로 돌아갈 수 없게 되었다. 깨달은 건 그것만이 아니다. 남성에게 욕망 당하는 것이 결코 내게 좋은 일이 아니라는 걸 지금 나는 뼛속 깊이 안다. 길거리에서 지나가는 남성의 시선을 받는 것이 결코 나의 힘이 아님을, 그것은 오히려 불쾌한 희롱임을. 나는 더 이상 그들에게 욕망 당하고 싶지 않다. 남자의 욕망을 욕망하지 않는다.

그렇다면 나의 욕망은 뭘까? 이제야 나에게 물어본다. 사회가 물어봐 주지 않는 나의 욕망은 스스로 물을 수밖에 없겠다. 나는 인형 취급을 받지 않기를 바라고 나의 사랑이 자유롭기를 바라지만 잠깐, 그건 욕망이라기엔 부족한 듯싶다. 좀 더 깊숙하고 찐득한 욕망을 들여다보자. 어디 보자, 안 보이네. 점잖음을 걷어 볼까. 나는 지독한 얼빠야. 한때 존경할 수 있는 남자를 이상형으로 꼽던 나여, 차갑게 안녕. 또 한번 더 걷어 볼까. 아, 나는 여럿을 동시에 사랑하고 싶어. 옳지, 잘한다. 앞으로도 나의 욕망을 발견하는 데 더욱 분발해볼까나.

자신을 성적인 존재로만 취급하는 건 나조차 마찬가지였다. 여자에게 성적 매력이 중요하다는 생각을 너무 오래 내면화했다. 남자들에게 사랑받고 인정받는 게 중요해서, 그러려면 여자로서의 매력이 중요해서, 내가 나를 이용했다. 결국 아무 쓸모 없는 남자들의 관심을 얻겠다고 내가 나를 지웠다.

성지향성이 학습된 건
얼마큼일까

그런 생각을 해본 적 있어. 내가 남자였거나 네가 여자였
다면 우리 관계는 어떻게 되었을까. 널 처음 보고 나는 한
눈에 반해버렸잖아. 어떤 식으로든 널 좋아하게 될 거라고
확신에 가까운 감정을 느꼈고. 딱히 로맨스가 아니더라도
인간적으로 무조건 좋아할 거라는 예감이 있었어. 그런데
시간이 흐르면서 그것만으로는 내 마음을 전부 표현하기가
어려운 거야. 단지 인간적으로? 그것만이 아닌데. 내 마음
은 훨씬 크고 깊고 뜨거웠어. 그리고 그 열정은 성애의 영
역으로 쉽게 넘어가 버렸지. 왜냐면 나는 여자고 너는 남자
고 우리는 이성애자고 나는 이성애 중심사회에 살고 있기
때문에.

나는 네가 남자라서 좋았던 것도 있을까? 네가 여자였다면 어땠을까? 너를 인간적으로 좋아하는 것에서 그쳤을까? 너라는 인간을 나는 깊이 좋아할 수밖에 없었을 텐데, 네가 여자라는 게 나의 열정을 깊게 만드는 데 걸림돌이 되었을까?

너는 어땠을까? 만약 내가 남자였다면 너는 나를 어떻게 바라보았을까? 나를 얼마큼 좋아했을까?

〈상대를 알아가는 101가지 질문〉이라는 목록이 있다면 아마 30번 대쯤에서 반드시 등장할 법한 문장이라고 생각한다. "첫눈에 사랑에 빠져본 적 있나요?"

나의 대답은 예스, 무조건 예스다. 실제로 경험하기 전까지 첫눈에 빠지는 사랑 같은 건 믿지 않는 사람이었다. 뭘 알고 사랑에 빠져? 단순히 외모만 보는 거잖아. 그걸 사랑이라고 할 수 있어? 내면을 알아야 사랑할지 말지 결정하지.

그런데 어느 날 그런 사람을 만나고 말았다. 말 한마디 안 나눠보았는데 저 사람을 좋아하게 될 거라는 느낌이 발밑에서부터 솟아올랐다. 뭐든 긴가민가하던 나였는데. 아무것도 확신할 수 없어 말끝마다 '-인 것 같아'를 입에 달고 살며 '그런 것 같기도 한 것 같기도 해'처럼 말이 안 되는 말을 습관처럼 하곤 했는데. 그 사람만은 확실했다.

첫눈에 사랑에 빠진 건 알고 보니 내가 외모에 가중치를 두는 사람이기도 했고 생각보다 사람의 내면이 외면으로 꽤 많이 드러나기 때문이기도 했다. 그러니까 나는 말투, 눈빛, 표정으로 그의 성격이나 가치관, 사람 됨됨이 같은 걸 순간적으로 평가했고(굉장히 무의식적이고 자동적인 과정이었는데 아주 정확하지는 않아도 또 아주 틀리지도 않았다) 그 자리에서 사랑에 빠져 버린 것이다.

그토록 강렬하게 압도당하는 경험은 처음이었다. 처음 본 순간의 느낌을 나는 종종 떠올리고 곱씹었다. 그러면서 점점 의문이 생겼다. 그건 뭐였을까. 반드시 로맨틱하거나 섹슈얼한 방향만을 가리키지는 않았다. 그저 뭐랄까, 저 사람이 좋다는 어마어마하게 강렬한 감정이 있었고 마침 내가 여자고 그가 남자고 또 우리가 자신을 이성애자라고 여기고…… 뭐 그런 상황상 좋다는 감정은 자연스럽게 연인이 된다는 상태로 이어졌을 뿐이지 않나 하는 생각에 빠지곤 했던 것이다.

만약 우리 둘 다 여자였거나 남자였다면 어땠을까? 그렇더라도 나는 분명 그를 마음에 들어했을 것이고 우리는 아마도 친구가 되었겠지. 그런데 나는 과연 그와 친한 친구로 만족했을까? 더 특별한, 더 친밀한 관계를 원하지는 않았을까? 이렇게까지 좋아서 미치겠는데. 너의 모든 걸 알고 나의 모든 걸 말하고 우리가 서로 사랑하고 가까운 사람이라는 걸 누구나 인정하는 그런 관계까지 원하게 되지 않았을까? 그랬을 때 동성이라는 사실은 어떻게 작용했을까? 나는 나를 이성애자로 여겨왔지만 '그럼에도 불구하고' 너를 사랑했을까, 아니면 자신을 이성애자라고 생각하는 한계에 갇혀 너를 친구로만 생각했을까?

난생처음으로 해보는 생각이었다. 그를 좋아하는 마음이 너무 컸던 탓인지 아니면 성별 구분 혹은 성적 지향에 관한 새로운 발견의 시작이었던 것인지 모르겠다.

당시에 잠정적으로 내린 결론은 내게 다소 혼란스러움을 안겨 주었다. 나는 그가 여자든 남자든 단순한 친구 관계로는 만족하지 못할 것만 같았다. 그와 특별한 관계가 되고 싶다는 욕망은 그를 성애적으로 갈망하는 것과 얼마나 연결되는 것일지 자문했다. 물론 이런 물음은 결국 그가 여자가 아니라 남자기 때문에 현실적인 영향을 미치지 않았다. 그렇지만 그 물음은 내가 갖고 있던 사고체계에 어떤 의미에서 금이 가게 만들었다.

어쩌면 내가 남자를 좋아하는 건 그렇게 배웠기 때문은 아닌지 의문을 품게 된 것이다. 나라는 사람은 배운 것에 충실한 타입이고 교과서에 쓰여 있는 건 그렇구나, 하며 비판 없이 수용하는 사람이고 같이 밥 먹는 사람이 숟가락을 놓으면 갑자기 식욕이 뚝 떨어질 정도로 남의 영향을 크게 받는 사람이니까, 나 혼자 튀지 않고 어떤 면에서는 묻혀가는 걸 선호하니까, 그래서 당연한 듯 나도 이성애자라고 여기며 살아온 건 아닐지. 이성애라는 게 단순한 감정이 아니라 규범이자 제도라는 점을 생각하기 시작한 것이다.

만약에 세상 모든 영화가 〈캐롤〉이고 〈타오르는 여인의 초상〉이고 〈윤희에게〉라면? 여자가 여자에게 끌리는 게 당연하고 여자가 좋아하는 여자의 모습이 하나부터 열까지 나열되고 시각화되었다면 어땠을까? 그러니까 동성애가 '정상'이고 '다수'인 사회였다면 나는 그래도 이성애자였을까? 나처럼 잘 동화되고 환경의 영향을 크게 받는 사람이 지금과 정반대의 사회에 살았다면 나 또한 자연스럽게 동성애자로 여기고 살았을지도 모르는 일 아닐까?

물론 환경의 영향만이 절대적이라고 말할 수는 없다. 그러니까 이성애가 '정상'인 지금 이 사회에서도 헷갈리지 않는 사람들이 있다. 아무리 사회가 특정한 길을 제시하더라도 자신을 명확하게 알고 정체화하는 사람들 말이다. 스스로가 어떤 사람인지 알지 못하는 게 이상할 정도로 당연하고 자연스러운 과정이었을 수도 있고 치열한 고민과 탐색 끝에 자신에 대한 인식을 얻었을 수도 있다. 내가 지금에 와서 이런 생각을 하는 건 아마도 내가 뚜렷한 정체성을 가지고 있지 않기 때문일지도 모른다. 그렇기에 더더욱 무언가에 이끌려온 건 아닌지 생각해보는 것이다.

나의 욕망은 얼마나 나의 것일까.

지금껏 받아온 사회의 영향, 노출되어 온 자극의 종류, 일관적이었던 하나의 방향을 새삼 떠올려본다. 나도 모르는 새 이쪽으로, 이쪽으로, 몰이를 당하듯 얼떨결에 밀려온 것일지도 모른다. 나를 탐색하는 건 낯설지만 기분 좋은 일이다. 나는 정말 남자를 좋아하는 걸까? 혹시 여자를 좋아할 수도 있지는 않나? 나에게 상대의 성별, 성정체성이란 얼마나 중요한 요소일까?

똑똑한 여자에
대한 적의

할머니는 어린 나를 똑순이라고 불렀다. 나에게서 할머니의 모습을 발견했던 건지도 모른다. 할머니에게서 아빠 그리고 나로 이어지는 어떤 성격적 계보가 있다. 정도의 차이는 있지만 우리는 자기가 옳은 것에 고집이 있고, 자기 생각대로 일이 진행되어야 직성이 풀린다. 맞는 말을 자주하지만 틀린 말도 있고 어쩔 땐 개인적인 취향을 옳음으로 바꾸어 말하기도 한다.

어쨌든 나는 야무지고 똑 소리난다는 평을 듣고 자랐다. 그러한 평가가 여자에게만, 특히 위상이 높지 않은 어린 여자에게 붙는 걸 그때는 문제 삼지 않았다. 만약 내가 남자아이였다면 과연 그런 특별한 칭찬을 들었을지 지금은 의심한다. 자기 주관이 있는 건 남자의 보편적인 특성이라 여겨졌을지도 모른다. 아니, 사실 남자는 자기 주관이 있어도 없어도 꼼꼼해도 덜렁대도 다 괜찮다. 별 특별한 코멘트 없이 자연스럽게 받아들여진다. 나는 내가 조금 덜 똑똑해도 비난을 듣고 싶지 않은 것처럼 조금 더 똑똑하다고 해서 특별한 칭찬을 받고 싶지 않다. 물론 똑순이라는 치켜세움이 어린 시절의 내가 자신감을 갖는 데 도움이 되었다는 점을 부정할 수는 없다. 똑똑한 여자라서 받은 칭찬이 훗날 똑똑한 여자라서 받는 적의로 바뀌기 전까지 나는 똑똑함에 대체로 고양되었다.

문제를 풀고 답을 맞히는 교육이 시작되는 순간에 나는 성적이 좋았다. 한국의 공교육 제도 아래서 공부를 잘한다는 의미는 적당한 이해력과 암기력, 자기통제력을 갖추었다는 것인데 문제는 그 자질이 받아야 할 대우보다 항상 넘치는 대우를 받게 한다는 점이다. 사람들은 시험성적이 한 학생의 가치를 결정짓는 듯이 행동했다. 교사들은 공부 잘하는 학생을 편애했다. 내가 그런 종류의 편애에 반대하고 그럴 때마다 거부반응을 보였던 것과 별개로 나는 특별한 듯 대우받았고 그것은 은연중에 자신감의 원천이 되었다.

성격과 성적이 만나 자신감이 되었다. 객관적인 상황과

주관적인 기질이 튼튼한 토대를 만들었다. 나는 활달한 아이로 살았다. 지금 내 곁에 있는 사람들은 분명 의아해할 만한 사실이다. 지금의 나는 웬만해서 나서지 않고, 통제 욕구가 높아도 타인과 관계할 때는 잘 발휘하지 않고, 주도하기에는 사람들의 원망을 들을까 망설이고 따르기에는 내 뜻대로 되지 않아 못마땅한 채 일단 따르는 입장을 취하는 것을 편안하게 여긴다. 하지만 어린 시절에는 달랐다. 아무 두려움 없이 내 뜻을 펼쳐 보였다. 명확한 의견이 있었고 주저 없이 말했고 무리를 주도했다. 자신에 대한 어떤 의심도 검열도 없이 학급임원으로서 권위를 행사했다. 교실이 시끄러울 때는 앞에 나가 종을 땡땡 치고 담임 교사의 막대기로 교탁 옆을 때리며 "조용!" 소리를 높였다. 장기자랑에서 유행하는 춤을 추었고 쉬는 시간이면 남의 책상을 밟고 올라가 책상들 위를 뛰어다니며 놀았다. 모든 일에 적극적으로 나섰고 그게 너무 당연해서 나선다는 의식조차 없었다.

그러는 동시에 나는 미미하지만 확실하게 무언가를 느끼고 있었다. 남들은 모르고 나는 아는 것을 말할 때 친구들의 반응에서 뭔가 이상한 낌새를 감지하기 시작했다. 다른 친구들이 아는 것을 말할 때와는 약간 공기가 달랐다.

'그래, 너는 공부를 잘하니까'와 같은 비아냥이 들리는 듯했다. 실제로 들었는지도 모른다. 친구들은 내가 잘난 척을 한다고 생각하는 것 같았다. 어느 순간부터 나는 아는 것을 안다고 말하는 게 조금씩 꺼려지기 시작했다.

나는 점점 '나서기'를, 혹은 '나대기'를 줄였다. 아는 것을 알지 못하는 척했다. 가끔은 모르는 척하다가 정말로 많은 것을 모르게 되는 느낌이 들었지만 애써 무시했다. 무얼 알고 무얼 모르는지 희미해져 갔다. 나는 알아야 할 것을 알아갈 기회를 놓치고 있었다. 그보다 친구들과 잘 지내는 게 훨씬 중요했고 내가 친구들 사이에서 재수 없는 애가 되지 않기를 간절히 바랐다.

곤경에 처한 친구들을 돕거나 내가 생각한 정의를 실현하는 데에 꽤 용감한 아이였으나 정작 내 문제를 처리하는 데는 서툴렀다. 똑똑함을 드러내는 게 정의라고 확신할 수 없었다. 그래서 무언의 적의를 맞닥뜨렸을 때 겁이 났다. 내가 무엇을 잘못하고 있는 건지도 몰랐다. 똑똑함을 드러낸 채 친구들과 잘 지낼 방법을 알지 못했기 때문에 아예 드러내지 않는 방식을 선택했다. 잘난 모습을 보이는 건 재수 없는 일이 되는 게 이 사회의 규칙이라고 생각했다. 일부러 모르는 척할 때마다 내가 바보 같다고 느꼈지만 적어도 친구들에게 배척당하는 건 피할 수 있었다.

중학교에 가면서 나는 더 연기에 능해졌고 이제는 모르는 게 연기인지 진짜인지 구분되지 않을 때가 많았다. 나는 정말로 뭐든 잘 모르는 사람이 되어갔다. 내가 키가 클 거라고 확신한 양육자가 사준 헐렁한 교복을 입으면 한층 더 바보 같아 보였다. 무엇보다 중학교는 성별 구분이 명확했다. 여자와 남자를 나눈 뒤 키순으로 번호를 매겼다. 그리고 번호대로 자리가 배정되었다. 여자 분단과 남자 분단 사이에는 보이지 않는 선이 존재했다. 나는 맨 앞에 앉는 여자 2번이었다.

불행히도 그게 나의 사회적 여성화의 시작이었다. 본격적으로 여성성에 대한 나의 학습이 시작되었다. 내가 여성이라는 점을 처음으로 깊이 인식하였고 사회에서 여성이라는 성별이 갖는 위치를 알고 수용해나갔다. 나는 '여성적'이되는 데도 모범생이었다. 친한 친구들과는 여전히 떠들썩하게 놀았지만 기본적으로 얌전하고 수동적인 사람이 되어갔다. 나는 무난하고 받아들여지는 사회 구성원이 되기 위해 최선을 다했다. 길고 펑퍼짐한 치마 교복에 갇힌 기분이 낯설었으나 그마저도 점차 사라져갔다. 나는 전에 비해 분명히 주눅 들었고 위축되었다. 학교 성적이 좋을수록 똑똑함을 절대 드러내지 않아야 배척당하지 않는다는 믿음은 갈수록 강해졌다. 그러다 나의 믿음이 깨진 것도 그즈음이었다.

온라인 커뮤니티가 활성화되기 시작하던 때였다. 내가 속한 반에도 인터넷 카페가 생겼고 교실에서는 데면데면 하던 여학생들과 남학생들이 온라인에서 활발하게 이야기를 주고받았다. 글을 쓰고 댓글을 달고 접속해있는 사람들 끼리 채팅을 했다. 이런저런 이야기를 나누다가 하나둘 고민을 꺼냈다. 당시에는 진지했을 테고 또래들만이 해 줄 수 있는 이야기도 있었을 테다. 그곳에는 인기 있는 고민 상담자가 있었다.

그 애도 공부를 잘했다. 그리고 남자였다. 그는 친구들에게 이런저런 조언을 해 주고 어떨 때는 충고나 훈계를 하기도 했다. 그가 하는 말을 우리는 진지하게 들었고 그가 우리보다 좀 더 위에 있는 인간인 양 대했다. 그는 우리 사이에서 암묵적으로 어른의 위치에 있었다. 물론 나도 그를 좋아했지만 그가 커뮤니티 안에서 왜 그런 존재가 될 수 있는지를 떠올리면 조금 어리둥절한 기분이 되었다. 내가 보기에 그의 높은 성적이 분명 호감과 인정에 기여하고 있었다.

그의 똑똑함은 커뮤니티 안에서 자연스럽게 받아들여졌고 어느 면에서는 우상화되기도 했다. 그는 받아들여지기 때문에 표출할 수 있었다. 그가 똑똑함을 드러낼 때 다른 사람들의 태도에서 그간 내가 은근히 받아왔던 적의는 전혀 찾을 수 없었다. 오히려 그가 공부를 잘한다는 사실이 그의 말을 들을 가치가 있는 것으로 만들고 있었다. 그는 똑똑함으로 이득을 얻고 있었다.

내가 배워온 것과 완전히 다른 현상이었다. 나의 세상에는 똑똑한 사람이 아는 걸 안다고 말하면 무리에 낄 수 없다는 암묵적인 규칙이 있었다. 그러나 그 애에게는 규칙이 적용되지 않았다. 우리는 다른 세상에 살고 있었다. 나는 그가 차지하는 위치에 내내 의구심을 품었으나 그렇다고 내 행동을 바꿀 수는 없었다. 내가 받아들여지는 방식은 지극히 평범해야 했다. 녹아들어 가야 했고 가끔 허술하거나 비어있는 모습을 보여야 한다고 느꼈다. 나는 그와 달랐다. 처음부터 받아들여지는 방식이 달랐다. 그와 내가 성별 말고 다른 모든 면에서 같다고 할 수는 없지만, 우리가 다른 대우를 받은 결정적인 이유를 도저히 알 수 없었다. 내 생각에 나는 그보다 친절하고 그만큼 똑똑하고 그 애와 비슷하게 말을 잘했다.

독립적이고 자기 주장이 강한 아이에게 적절한 사회화가 필요할 수 있겠지만 분명 나의 사회화는 과도한 수준이었다. 집에서 말할 때마다 기차 화통을 삶아 먹었냐는 엄마의 꾸지람을 들었지만 사회적인 상황에서 나는 목소리가 작아서 영화를 예매하거나 은행 창구에 섰을 때 의도적으로 크게 말해야만 했다. 여전히 급한 성미는 남아 있었지만 잘 포장하는 데 능숙해졌다. 나는 모범적인 여학생, 순응적인 여성으로의 사회화에서 우수한 성적을 거두었다. 연년생 오빠와 자라느라 남자와의 상호작용을 거칠게 하는 게 몸에 배었기에 사회에서 만나는 대부분의 또래 남자를 내 오빠처럼 대했으나 나는 결정적인 순간에 그들을 불편하게 하는 사람이 아니었다. 나는 자주 그들을 놀리고 비판하고 비난했지만 결코 위협적인 상대는 아니었다. 그들의 결정적인 기분을 해치지 않는 범위 내에서만 나는 거침 없었다. 그들은 그런 나를 재밌고 편안한 상대로 여겼다. 그러니까 나는 '똑똑'하기보다 '현명'한 여자에 가까웠다.

그럼에도 적의는 여전히 존재한다. 남자들은 내가 다른 생각을 가지면 똑똑하다고 한다. 그리고 똑똑하다는 말은 금방 고집 있다는 말로 바뀐다. 나는 고집 있는 신입사원이 되었고 고집 있는 며느리가 되었고 고집 있는 여자가 되었다. 남자들이 하면 대화인데 내가 하면 공격적인 주장으로 받아들인다. 나는 내 나름의 입장을 가지고 의견을 밝히며 말을 흐리지 않고 온전한 문장으로 말했을 뿐인데 내가 무섭다고 한다. 진짜 무서운 게 아니라 나를 비호감인 여자라고 공격하는 것이다. 여자는 호감을 잃는 게 가장 치명적인 단점이라고 여기니까. 나를 센 여자로 만들면서 무리에서 배제하고 내 행동을 입맛에 맞게 순순한 방향으로 바꾸려는 것을 안다. 그러니까 똑똑하고 고집 있다는 말이 결국 내 입을 막으려는 교묘한 공격인 걸 이제는 잘 안다.

여자가 똑똑한 게 그렇게 위협적인 걸까.

똑똑하다는 말을 공격으로 쓰는 사람들에게 굴하지 않고 나는 더 똑똑한 여자가 되겠다. 나를 숨기느라 애쓰다가 정말로 희미해져 버리기도 했지만 다시 원하는 만큼 똑똑해지려 길을 나선다. 그것만으로도 똑똑한 여자를 반기지 않는 세상에 대한 반격이 될 것 같다.

남자들은 내가 다른 생각을 가지면 똑똑하다고 한다. 그리고 똑똑하다는 말은 금방 고집 있다는 말로 바뀐다. 나는 고집 있는 신입사원이 되었고 고집 있는 며느리가 되었고 고집 있는 여자가 되었다. 남자들이 하면 대화인데 내가 하면 공격적인 주장으로 받아들인다. 나는 내 나름의 입장을 가지고 의견을 밝히며 말을 흐리지 않고 온전한 문장으로 말했을 뿐인데 내가 무섭다고 한다.

남자친구들이
편했다

또래 남성을 대하는 건 익숙했다. 성장 과정 내내 가까이서 지속적으로 관계를 맺은 또래 남성, 즉 오빠가 있었기 때문이었다. 나이로는 두 살, 학년으로는 하나 위인 '거의 연년생'의 남자 형제와 같이 자란다는 건 그야말로 거친 일이었다. 다른 사람에게 발길질하는 법, 소리 지르는 법, 욕하는 법을 일찍부터 깨우치는 일이라고 할 수 있다. 좋은 면을 부각하여 말하자면 태어나는 순간부터 허물없는 친구와 함께 사는 일이고 그 친구와의 상호작용 덕분에 다소 에너제틱한 어린 시절을 보내는 일이다.

우리는 서로만 웃긴 말장난과 농담을 주고받거나 시답잖은 대화를 나누며 머리를 식히는 친구기도 했고, 서로를 괴롭히며 놀다가 놀이가 싸움이 되고 양육자 앞에서 잘잘 못을 가리려 항변을 토하다가 가슴 터질 듯한 분노와 증오를 경험하는 친구기도 했다. 우리는 사이가 좋기도 나쁘기도 했는데 하루에도 몇 번씩 좋다 나쁘다 했기 때문에 한마디로 정리하기가 어렵다. 다만 우리는 자주 같이 놀았고 자주 싸웠고 그것은 애정어린 투덕거림일 때도 있었고 살벌한 몸싸움일 때도 있었다.

오빠를 대하는 태도는 집 밖을 나와서 또래 남자친구들을 만났을 때도 비슷하게 이어졌다. 물론 친구들을 발로 차거나 욕설을 퍼붓지는 않았지만 전반적인 태도에 있어 일관성이 있었다. 그것은 나에게 익숙하고 편안한 방식이었다.

확실히 나는 남자친구들과 여자친구들을 다르게 대했다. 남자친구들에게는 말투부터 달라졌다. 하고 싶은 이야기를 여자친구들에게는 고운 실크에 싸서 전달했다면 남자친구들에게는 초원의 승냥이처럼 거칠게 전달했다. 생각나는 대로 말하고 서슴없이 놀리고 말투가 어떻게 들릴지 걱정하지 않았다. 나와 친구로 지내는 남자들은 그런 것을 다 받아주었는데 애초에 받아주는 남자하고만 친구가 되었을 것이다.

내가 여자친구들을 같은 태도로 대했다면 그걸 받아주

는 사람과 친구가 되었을 것처럼. 그러니까 그건 성별의 문제가 아니었다. 내가 성별에 따라 다르게 대했고 각각의 태도에 맞는 사람들이 친구가 되는 자연스러운 과정이었다. 결과적으로 내가 골라서 사귄 것이면서 애꿎게 성별 탓을 했다. 남자친구들 쪽이 좀 더 편해. 막 대해도 괜찮아서 좋아. 깊이 사랑한 쪽이야 여자친구들이지만 남자친구들과의 관계는 제법 편안한 면이 있었다.

오빠와 싸우면서 자주 졌다. 이기고 지는 판가름이 명확히 나지 않을 때도 많았지만 그런 때조차도 졌다고 느낄 때가 잦았다. 오빠는 나보다 힘이 셌고 더 많이 알고 마인드 컨트롤을 잘했다. 욱하는 내 성질을 잘 이용했다. 조용하게 나를 도발한 후 내가 고함을 지르거나 큰 소리로 욕을 하게 만들어 양육자의 주의를 끌도록 했다. 오빠한테 그렇게 말하면 안 되지. 그게 분하고 억울했다. 오빠가 나한테 먼저 시비 걸었는데.

꼭 이기고 싶었던 건 아니지만 지고 싶지도 않았다. 나는 가만히 있으면 지는 존재 같았다. 내가 주장하고 따지고 소리치고 설명해야 겨우 지지 않을 수 있다고 생각했다. 오빠와의 싸움에서 원하는 만큼 이기지 못했던 나에게 어떤 욕구불만이 생겼을지도 모른다. 그게 집 밖에서 만난 남자친구들에게 발현되었을지도 모른다. 지고 싶지 않은 마음. 오빠가 아니라도 남자 앞에서는 가만히 있으면 내가 지고 들어가는 존재인 것처럼 종종 느껴졌다. 그래서 남자친구들을 더 거칠게 대했는지도 모른다.

남자친구들이라고 해서 모두 오빠와 같은 관계를 맺은 것은 아니다. 그럴 만한 사람이 있었고 아닌 사람이 있었다. 아닌 사람은 여자친구를 대하는 것과 비슷하게 대했고 나는 그걸 '섬세하게 대한다'라고 속으로 이름 붙여 놓았다.

여자친구들을 대할 때는 그들의 감정을 살피고 어떤 걸 좋아하고 싫어하는지 관찰하고 마음이 상하지 않도록 말을 골라 했다. 여자친구들이 더 궁금했고 알고 싶었다. 그들의 마음을 들여다보려 애썼고 깊게 이해했다. 어떤 남자친구보다 가까이 느꼈다.

그렇지만 좋아하면서 동시에 편견을 씌우는 일이 가능했다. 남자친구들은 막 대해도 다 받아주는 무던함이 있지. 여자친구들은 아무래도 대하기가 조금 까다로워. 여자들에게는 더 세심하게 배려하고 더 주의 깊게 행동하고 더 사려 깊게 말해야 한다고 생각했다. 그리고 그건 어느 정도 사실이었는데 그게 상대가 여자라서 그렇다고 생각한 게 나의 잘못된 판단이었다. 귀인을 잘못했다. 사려 깊은 배려는 좋은 관계를 만들고 싶은 사람이라면 누구나 해야 하는 일이다. 남자들과의 관계가 잘못되었다는 생각은 하지 못했다. 틈만 나면 서로를 꼽주고 눈만 마주치면 시비를 걸고 어떻게든 서로를 깎아내리는 것으로 웃음을 만들어내는 관계는 우리가 지향해야 할 곳이 아닐 것이다. 그렇게 하고도 관계가 유지된다고 해서 바람직하다는 뜻은 아닐 것이다.

사실 나는 무던하고 안 하고를 떠나서 피곤할 정도로 말이 많은 남자, 틈만 나면 옹졸하게 삐치는 남자, 감정을 불쾌한 방식으로 드러내는 남자, 나아가 상종도 하고 싶지 않은 남자들을 한 트럭은 알고 있고, 나의 실수와 미숙함을 이해하고 받아들여 주는 관대한 여자친구들 또한 한 트럭 넘게 알고 지냈다. 그렇지만 이분법은 쉽고 유혹적인 잣대였고, 잣대에 들어맞지 않는 경험은 쉽게 머릿속에서 지워버렸다. 관습적인 여성혐오가 힘을 실어주었다. 나는 이 사회의 성별 잣대를 그대로 받아들이고 있었고 나아가 증폭하여 재생산하고 있었다.

그리고 그것은 당연하게도 나를 옭아맸다. 아무리 자기 자신을 한 발자국 떨어져 모든 것을 관망하고 판단을 내리는 존재로 생각하더라도 내가 여성인 한 나도 내가 가진 여성에 대한 편견에서 자유로울 수 없었다. 나는 남자친구들 앞에서 까다롭지 않고 작은 것에 연연하지 않고 감정적으로 굴지 않는 여자친구가 되려 애썼다.

그렇지만 남자친구들과의 관계에는 분명한 선이 있었다.

마치 상사가 겉으로만 기어오르는 후배를 좋아하는 것과 같은 느낌이랄까. 상사들은 자기를 너무 어려워해서 말도 잘 못 붙이고 쩔쩔매는 후배보다 적당히 장난도 쳐주고 말도 편하게 하고 능글능글 웃으며 다가오는 후배를 예뻐하기 마련이다. 젊은 후배가 편안하게 대한다는 게 자신이 권위적이지 않은 사람이라는 걸 증명하는 것이라 생각한다. 내가 이렇게 유쾌하고 꽉 막히지 않은 재밌는 상사야. 후배들이 날 따르고 좋아해.

권위적으로 보이고 싶지 않지만 그렇다고 권위를 잃어도 괜찮은 건 아니다. 자신의 권위에 도전하는 수준의 행동이라면 그것은 가차없이 제재한다. 짧은 정색, 순간의 침묵 같은 것들로 말이다. 그래서 상사가 예뻐하는 후배의 장난스러움이란 결국 아부일 수밖에 없다. 진정 내키는 대로 상사에게 장난치는 후배는 결코 예쁨받을 수 없다. 그런 후배가 있다면 또라이, 4차원, 개념 없다, 뭐 이런 수식어가 붙을 테니까.

바로 그런 선이 있었다. 일정하게 그려진 원 안에서만 나는 남자친구들을 편안하게, 그러니까 막 대할 수 있었다. 선을 밟는 순간 가차 없이 아웃되는 피구처럼 나는 선 안에서만 뛰어놀려 주의를 기울였다.

선은 그런 것이었다. 나의 의견이 그들 다수와 반대될 때, 내 목소리가 클 때, 문제를 제기하거나 혹은 단지 의견을 말할 때조차, 그들은 어떨 땐 웃으며 "뭐야~ 심각하게 왜 그래~" "누나가 진짜 권력자네요, 장막 뒤에서 조종하는 어둠의 손…… 흐흐", 어떨 땐 나를 걱정하며 "저 형 은근히 예의 같은 거 따져, 조심해", 어떨 땐 정색하며 "이번만 기회가 아니잖아, 그건 다음에 바꿔도 돼", 끝없이 내게 말했다. "그만하고 넘어가자." 그들은 내가 굽히지 않는 것을 참지 못하는 것처럼 보였다.

내가 자신들의 권위에 도전한다고 여기는 것 같았다. 나에게 없는 권위가 그들에게 있다면 그건 무엇이고 어디에서 오는 걸까? 아마도 남성성에서 나오는 권력일 것이다. 그들은 그걸 분명하게 인지하고 있었다. 의식적이든 무의식적이든 중요치 않았다. 그들이 기울어진 권력 관계 안에서 나와 자신을 바라보고 있다는 게 문제였다. 그들은 내가 자신을 편안하게 대하고, 장난치고, 갈구는 것을 어떤 훈장처럼 기뻐하는 듯했다. 놀림받기를 즐기는 것 같기도 했다.

그들에게 나는 어떤 존재였을까. 이걸 파고드는 것이 아무래도 쉽지 않다. 나는 그들을 좋아했고 그들도 그렇다고 믿었으니까. 우리 관계에 깔려있을 무언가를 들여다보는 게 두려워 자꾸만 피하고 싶어진다. 하지만 두렵다는 건 뭔가 문제가 있음을 이미 알고 있다는 뜻이다. 의문이 시작된 이상 알아내야 한다. 그렇게 괴로운 진실을 들여다보게 된다. 그들은 아마 하지 않을 고민이겠지. 내가 우리 관계의 권력 차와 남성성과의 관계를 생각하고 내 행동이 젠더권력에 대한 도전인지를 고민하고 있을 때, 고통스러운 진실을 외면하느라 애쓸 때, 그럼에도 용기를 내어 생각해봐야지 마음을 다잡을 때, 그 시간 동안 그들은 어디에서 무얼 하고 있을까? 강의 듣고 책 읽으며 자기계발에 한창일까? 친구를 만나거나 재미있는 유튜브를 보며 웃고 있을까?

남자들의 세계에서 나는 영원한 이방인이라는 걸 몰랐다. 나를 좀 다르게 대하는 건 알고 있었고 그게 늘 불만이었다. 남자들이 모인 곳에 내가 나타나면 묘하게 공기가 달라지는 걸 느끼곤 했다. 어떻게 해야 '여자' 친구가 아니라 그냥 친구일 수 있을지 궁금했다. 남자 무리에 껴야 주류가 될 수 있었는데, 함께 어울린다는 감각이 아니라 끼어들어야 한다는 느낌이 내 안에 지배적이었다. 남자들의 인정을 받고 그들과 잘 지낸다는 건 내게 어떤 의미였을까.

끊임없이 과거의 나를 생각해내고 분석하고 파헤친다. 현재의 내가 바라보는 과거의 나는 많은 것에 무지하고 무감하다. 가부장제와 여성혐오의 일부였고 그렇지 않은 부분이 있어도 정확히는 알지 못했다. 찜찜한 느낌, 불쾌한 느낌, 무언가 아닌 것 같다는 느낌에서 멈추어 있었다. 다양한 사건을 연결시키지 못하고 단편적으로 생각했다. 그랬던 나를 되돌아보는 것, 분석과 해석에 뒤따르는 여러 상념들. 안타까움과 분노와 슬픔과 답답함, 가끔은 피곤하고 가끔은 분열적으로 느껴진다. 그리고 결국은 다행스럽다. 변해가는 내가 마음에 든다. 나는 더 이상 남자친구들을 막 대하지 않는다.

남자친구들과의 관계에는 분명한 선이 있었다.

마치 상사가 겉으로만 기어오르는 후배를 좋아하는 것과 같은 느낌
이랄까. 상사들은 자기를 너무 어려워해서 말도 잘 못 붙이고 쩔쩔
매는 후배보다 적당히 장난도 쳐주고 말도 편하게 하고 능글능글 웃
으며 다가오는 후배를 예뻐하기 마련이다. 젊은 후배가 편안하게 대
한다는 게 자신이 권위적이지 않은 사람이라는 걸 증명하는 것이라
생각한다. 내가 이렇게 유쾌하고 꽉 막히지 않은 재밌는 상사야. 후
배들이 날 따르고 좋아해.

흡연구역의 여자,
길빵하는 남자

지금으로서는 믿기지 않지만 간접흡연을 증오하지 않던 시절도 있었다. 담배라는 게 처음으로 내 친구들이 피는 게 되었을 때, 좋아하는 사람들이 피니까 담배도 좋았다. 새빨간 말보로에서 한 개비를 꺼내 드는 더 새빨간 손톱, 담배 낀 손가락을 조심히 올려놓던 청바지 입은 무릎, 담배를 문 채 활짝 웃던 입술과 그럴 때마다 가지런히 보이던 치아, 그런 것들을 좋아했다.

그렇지만 나는 지금 앞에서 걸어가며 담배를 피우고 있는, 뒤에 오는 사람들에게 담배 연기를 강제로 맡게 하는 저 남자를 알지도 못하고 좋아하지도 않는다. 저것은 내가 좋아하는 이가 피우는 담배도 아니고, 결코 멋져 보이는 흡연도 아니다. 걸어가며 하는 흡연(소위 '길빵'이라고 부른다)은 어느 때 누구라도 멋지지 않다. 그것은 무례하다. 그리고 더럽다. 필시 크악 퉤 하는 가래침이나 버려진 담배꽁초 같은 걸로 연결되기 마련이다.

간접흡연을 끔찍하게 싫어한 나머지 앞서 걸어가는 남자의 손을 유심히 쳐다보는 버릇이 생겼다. 손을 조금이라도 오므리고 있다면 바로 경계태세를 취한다. 손가락에 담배가 끼워져 있는지 아닌지를 빠르게 판단해야 한다. 만약 앞사람의 손이 규칙적으로 입과 허벅지 옆을 오간다면 나는 당장 흡 하고 숨을 들이마시고 그대로 숨을 참은 채 후다닥 뛰어 앞지른다.

나는 저자의 입 밖으로 나오는 연기를 마시겠다고 선택한 적이 없지만 막을 방도가 없다. 그들을 볼 때마다 속으로 저주를 거는 수밖에. 길빵하는 사람에게는 지옥에서 담배 연기가 코와 폐로 끝없이 들이부어지기를, 가래침을 뱉는 사람에게는 무한히 가래침을 먹어야 하는 형벌이 내리기를, 꽁초를 버리는 사람에게는 평생 꽁초를 먹어야 하는 형벌이 내리기를 주문처럼 간절히 빈다. 지옥이 아니라 이번 생에서 마땅한 규제와 처벌이 있기를 바라는 것은 물론이지만 왜인지 자꾸 지옥의 형벌을 먼저 생각해내고 만다.

그런 생각을 하다가 나는 문득 발견했다. 그러고 보니 지금껏 걸어가며 흡연하는 여자를 본 적이 없다. 흡연구역이나 길 한쪽에 서서 담배 피우는 여자는 있지만 걸어가며 담배 피우는 여자는 아무래도 존재하지 않는 것만 같다. 기억에 저장된 자료들을 아무리 넘겨보아도 손에서 담배 연기를 풍기며 걸어가는 사람의 뒷모습은 남자뿐이다. 순전히 경험으로만 이루어지는 추론이지만 확신이 든다. 여자는 길빵하지 않는다.

그러자 나는 아주 불만스러워졌다. 어차피 누군가는 반드시 길빵을 한다면 거기에 여자가 포함되었으면, 적어도 절반은 차지했으면 싶다. 여자도 해야 된다는 게 아니라 남자만 한다는 점이 이상하게 느껴진다.

남자보다 여자가 도덕관념이 뛰어나서일까, 아니면 위생 관념 쪽? 담배 피우는 여자의 숫자가 적어서 잘 안 보이는 걸까? 여자는 가만히 앉거나 서서 피우는 걸 좋아한다거나?

금연구역이라고 대문짝만하게 붙어있는 안내판 앞에서 태연자약하게 담배 연기를 내뿜는 남자를 보면 나는 화가 난다. 저 여유롭고 당당한 태도는 뭐야, 금연구역도 안 지키는 주제에. 여자는 정당하게 흡연구역에서 담배를 피우고 있어도 모르는 사람이 다가와 갑자기 소리를 치고 뺨을 때리고 담배를 뺏는다는 이야기들이 널렸는데. 저 남자는 뭐가 그리 당당해서 금연구역의 빨간 안내표지 아래서 유유히 담배 연기를 내뿜고 있는 거야. 위협도 제재도 여자에게 훨씬 더 가혹한 불균형에 머리가 어지럽다.

모든 남자보다 모든 여자가 더 도덕적으로 우월하고 위생 관념이 투철할 수는 없다. 그저 한쪽에 그럴 자격과 권력이 있을 뿐이다. 더러워도 되니까 더럽고 손을 안 씻어도 되니까 안 씻고 길거리에서 화를 내고 취해서 싸우고 노상 방뇨를 하고 길고양이를 위협하고 지나가는 여자의 다리를 노골적으로 쳐다보고 좁은 길에서 어깨를 뻣뻣이 세운 채 몸을 비키지 않고 보복 운전을 하고 클랙슨을 빵빵 울려대고…… 무례하고 큰 소리 내고 엉망으로 망가뜨리고 난리를 쳐도 받아들여지기 때문이다. 착하고 얌전하고 조신하고 순하고 예쁜 남자가 되도록 교육받은 적이 없기 때문이다. 남자애는 원래 그래, 참고 이해해줘야 해, 기를 꺾으면 안 돼, 남자는 어른이 되어도 애나 마찬가지야, 성숙한 여자들이 봐줘야지 뭐, 하나씩 참을성 있게 알려주면 돼, 용인받는 입장에서야 간편하기 그지없을 것이다.

여자 연예인이 출연할 때마다 담배와 관련한 농담을 던

지는 방송인이 있다. 담배 끊었냐는 질문을 짓궂지만 재치 있는 농담처럼 던지고 당황하는 여성의 반응을 즐긴다. 신인이거나 어린 여성은 당황해서 손을 내젓거나 어색하게 웃거나 아니라고 항변하거나 얼굴이 새빨개지고, 조금 더 노련한 여성은 안 피운다고 건조하게 답하거나 유연하게 웃으며 끊었다고 답한 후 농담이라고 받아치지만 무엇도 편안해 보이지는 않는다.

무엇보다 담배를 끊었냐는 물음이 장난으로, 농담으로, 여성을 당혹스럽게 만드는 것으로 통용되는 게 이상한 일이다. 여성은 담배를 피우면 안 되고 흡연이 숨길 일이라는 인식이 없다면 생길 수 없는 농담이니까.

동네 인터넷 카페에는 주기적으로 담배로 인한 토로 혹은 호소 글이 올라온다. 집에서 담배 피우지 말라는 글인데, 그것들은 정확히 두 가지 톤으로 나뉜다. 담배를 피우실 수 있지만 되도록이면 밖에 나가서 피워주시면 좋겠어요, 같은 조심스러운 부탁의 어조가 하나다. 주로 상대의 입장을 헤아리는 말로 시작한다. '요새 날이 추워서/더워서 나가기 어려운 건 알지만, 심정은 이해하지만, 흡연할 권리가 있긴 하지만' 그러고는 고통을 호소한다. 그들이 공감해 주기를 바라며. '집 안에서 담배를 피우면 그 냄새가 다 올라와요. 저희 집에 아기가 있어서/담배 연기를 마시기만 해도 구토가 올라와서/베란다에 나가기만 하면 어지러울 정도로 담배 냄새가 많이 나서 한번만 생각해 주시길 부탁드려요.' 공통적으로 대부분 존칭이 들어가 있다. '흡연자분들, 제발 삼가해 주세요, 죄송하지만 신경 좀 써 주셨으면 좋겠습니다, 좀 너무하세요.' 내가 가장 충격받았던 내용은 이런 것이었다. '화가 나다 못해 우울해져요, 할 수 있는 게 없어서…….'

그러나 흡연하지 않는 남성의 목소리는 꽤 다르다. 그들은 주로 질책한다. '담배로 자기 건강 해치는 것까지 뭐라 할 수는 없겠고 최소한 양심이 있다면 집 밖에 나가서 지정된 흡연 장소에서 피워야 하는 것 아니겠습니까? 집에서 흡연하는 건 무개념 행동이고 용납되지 않습니다. 저는 밖에서도 담배 피고 있는 분들 보면 안타까운 게 사실입니다. 담배는 건강을 생각해서라도 끊는 게 맞죠. 우리도 금연 아파트로 지정해야 합니다. 복도 계단에서 피우는 사람들도 있는 거 압니다. 제 층에는 이미 흡연 금지라고 붙여 놓았는데 한 번만 더 복도 계단에서 피우는 게 발각되면 가만있지 않을 겁니다. 관리사무소도 형식적인 안내 방송만 할 게 아니라 더 적극적으로 흡연 민원에 대해 처리해야 하고요. 관리규약 찾아보니까 민원 들어오면 관리실에서 흡연자 집에 직접 가서 조사할 수 있다고 나와 있네요. 내일 관리사무소에 가서 소장 만나 확실하게 말하겠습니다'와 같은 단호하고 강력한 어조다.

두 개의 어조가 성별로 나뉜다는 건 백 퍼센트는 아니다. 하지만 글쓴이의 아이디로 어느 정도 유추가 가능하다. 조심스러운 부탁의 어조 글이 주로 'ㅇㅇ맘', 'ㅇㅇ댁' 같은 아이디라면 강력한 질책의 어조 글은 주로 'ㅇㅇ파파', 'ㅇㅇ애비', 'ㅇㅇ서방', 'ㅇㅇ남자', 'ㅇㅇ맨', 'ㅇㅇ아저씨', 'ㅇㅇ군', 'ㅇㅇ보이' 같은 아이디로 달린다(진짜 있는 아이디들이다). 그 외에도 'ㅇㅇ장군', 'ㅇㅇ상무' 같은 건 명확히 드러나지 않아도 추정이 가능하다.

주장하거나 설득할 때의 태도를 문제 삼는 건 약자에게 훨씬 자주 일어나는 일이다. 태도의 기준도 여성에게 훨씬 더 가혹하다. 그러니 주로 남자가 한다고 여겨지는 집 안 흡연에 대해 여자가 말할 때는 간곡히 읍소해야만 하는 일이 된다.

네 말이 맞을 수도 있겠지만 말하는 태도가 마음에 안 들어서 너를 도와줄 수 없다거나 차분히 말해야 상대가 이해하고 공감할 수 있다고 말하는 남자라면 사실 아무리 차분히 말해도 여자의 말을 들을 생각이 없는 것이다. 여자가 자신의 기분을 상하게 하지 않는 게 지상 최대 관심사인 만큼 자아 감각이 비대하고 동시에 나약하기 때문에 여자의 모든 행동에 기분이 상한다. 상대가 고분고분 자기 입맛에 맞게 행동하기를 바랄 뿐인 사람의 이해나 공감을 얻으려 노력할 필요는 아마 없을 것 같다.

불쾌감을
정정당당히

나: 안녕하세요. 대출 문의드립니다. n주 뒤에 잔금 치러야 하는데, 혹시 지금이라도 신청 가능할까요?

A 은행 직원: 하아…… (짜증스럽게) n주 뒤면 너무 늦으셨잖아요. 월요일에 오실 수 있어요? 원래 안 되는 건데 특별히 해 드릴게요.

나: 그런데 그 전에 필요한 서류를 팩스로 보내면 대출 가능 금액과 금리를 미리 알아볼 수 있나요?

A: 그거는 절대 안 돼요. 시스템에 넣어봐야 아는 거고요, 금리도 대출 실행하는 날 기준인데 그것도 매일 바뀌는 거니까. (어쩌고저쩌고)

나: 기간이 빠듯해서 그런 게 아니라 원래 대출을 실제로

실행하기 전까지는 대략이라도 금액과 금리를 알 수 없다는 건가요?

A: 네, 절대 안 돼요.

얼마를 어떤 이자에 빌릴 수 있는지도 모르고 무작정 대출을 받으라는 게 말이 됩니까. 짜증스러운 태도 외에도 일단 그쪽은 탈락.

또 다른 통화.

나: 안녕하세요. 대출 문의드립니다. (상황 설명 후) 지금 신청 가능할까요?

B 은행 직원: 음, 빠듯한데…… 오늘 오실 수 있는 거예요?

나: 오늘은 어렵고 혹시 내일모레인 주말에는 상담 안 하시나요?

B: 아니, 오늘도 늦은 건데, 주말이라니…… 허 참!

나: 그럼 내일 아침은 어떤가요?

B: 내일은 아침 열 시 됩니다.

나: 대출 가능 금액과 금리 알 수 있을까요?

B: 신용등급에 문제만 없으면 n원에 금리 n%까지는 나옵니다.

나: 제가 현재 버팀목 제도로 다른 대출이 있거든요. 그

대출을 지속하면서 추가 대출이 가능할까요?

B: 그렇게는 안 돼요. 버팀목 상환하는 조건으로 가능합니다.

나: 네, 알겠습니다. 확인해보고 다시 연락 드릴게요.

몇 시간 후 B에게서 전화가 왔다.

B: 내일 오실 건가요?

나: 지금 알아보는 중이라서요. 하게 되면 오늘 영업시간 내로 연락 드리겠습니다.

B: 근데 다른 데 알아보셔도 이만한 금리 없을 건데요.

나: 일단 버팀목 대출을 유지하고 싶어서 그쪽으로 알아보는 중입니다. 연락 드릴게요.

B: ……할지 안 할지 빨리 연락 주세요.

이사가는 집 보증금을 위해 대출을 알아보던 날. 두 명의 중년 남성과 연달아 통화한 후, 나는 열불이 났다. 저들은 대체 왜 짜증을 숨기려는 시도조차 않지? 이미 주거래 은행에 대출 조건과 신청 시기를 확인해놓았지만 혹시 더 나은 조건이 있을까 하여 알아보는 중이었다. 하도 홍보를 하는 은행이라 특별한 혜택이 있을까 하여 전화를 돌렸다. 그런데 다짜고짜 짜증이다. A는 대놓고 짜증과 퉁명스러움으로 일관했고, B는 시작은 중립적이려 노력했으나 갈수록 에너지가 딸리는지 끝을 짜증으로 맺었다.

내가 생각하기에는 단순한 문제다. 늦었지만 꼭 해야 한다고 억지를 부리는 것도 아니고, 대출 신청 자체가 가능한지부터 묻는다는 것은 가능하지 않을 수 있다는 걸 염두에 두고 있다는 뜻 아닌가. 그쪽 사정에 맞으면 하고, 안 맞으면 안 하면 그만이다. 결국 실적을 올리기 위해 하긴 해야 겠는데 과정이 골치 아플 수도 있어서 미리 짜증이 나는 것 아닌가. 그것을 나한테 그대로 풀고 있는 것이다. 왜? 그럴 수 있는 상대라서. 짜증을 낼 수 있는 젊은 여자의 목소리라서. 무의식적으로 튀어나오지만 그 무의식에는 나와 상대의 위치 계산이 정확하게 들어있을 것이다. 아무리 신경질이 나는 상황이라도 내가 중년 남성의 목소리였다면 어땠을까?

이것이 그간 가정의 공적 업무를 대부분 남편에게 맡겨온 이유였다. 사전 조사 등의 준비를 해놓고 마지막에 전화를 걸거나 대면하는 일은 가능한 한 남편에게 맡겨왔다. 불쾌한 상황을 맞닥뜨릴 것이라 예상했기 때문에 안 할 수 있다면 안 하고 싶었다. 하기 싫은 걸 최대한 하지 말자 주의

지만 빨리해서 치워버리고 싶은 업무를 남에게 맡겨야 하
는 건 때로 달갑지 않다. 생각났을 때 바로 해버려야 직성
이 풀리는 성미 급한 사람으로서 답답한 프로세스이고 자
주 효능감도 떨어진다. 이 간단한 걸 내가 못하고 피해야
한다니, 라는 생각 때문에.

　이번 일을 겪으며 생각이 바뀌었다. 피해서 될 문제가 아
니다. 살면서 맞닥뜨릴 수밖에 없는 일이다. 그렇다면 아예
나서서 부딪치고 겪어서 대처능력을 기르자. "기간이 빠듯
한 걸 아니까 대출 신청이 가능한지부터 문의하는 거잖아
요"라는 말을 건조하게 그러나 확실하게 하고 싶어졌다.

　남편이 또 다른 은행 직원과 통화를 하고 있다. 수화기 너
머로 공손한 목소리가 들려온다. "안녕하세요. 땡땡땡 고객
님 맞으신가요? 전화 주셨다고 전달받고 연락 드립니다."
건너편도 남자 직원이다. 묘하게 친절하다. 말끝이 올라간
다. 내가 다른 남성에게 여간해서는 들어보지 못한 말투. 남
자도 남자에게는 저렇게 말하는구나.

　상대가 말끝을 어떻게 처리하는지, 누구 눈을 바라보며
설명하는지, 나는 남편과 같이 있을 때 그런 것들을 면밀하
게 관찰한다. 나는 나와 남편이 같은 인간이라고 생각하지

만 우리를 대하는 사람들의 반응을 보면 그게 아니라는 걸 알 수밖에 없어진다. 그건 조금씩 내 영혼을 갉아먹는다. 이 땅을 떠나고 싶게 만든다. 내가 존중받을 수 있는 세상에 대한 갈증이 깊어진다. 그렇지만 그런 곳은 지구상 어디에도 없음을 안다. 한때는 외국에 대한 환상이 가득했을 때도 있었으나 여성혐오와 성차별은 정도의 차이는 있을 수 있겠으나 전 세계 공통이라는 걸 알아버렸다. 나는 외국에 가면 그나마 한국에서 갖고 있던 하나의 권력을 잃는다. 자국민이라는 권력. 옹졸하게도 나는 그 권력을 내려놓기가 싫어진다. 여기서 더 힘을 빼앗기고 싶지가 않다.

이곳에서 나는 영역에 따라 권력자도 되었다가 소수자도 된다. 여성으로서는 소수자지만 한국인으로서 권력자다. 나는 여기에서 가진 것이 꽤 많다. 학력이 있고 양육자가 있고 수도권에 산다. 대중교통을 타고 한 시간이면 본가에 가서 잠을 잘 수 있고 밥을 먹을 수도 있다. 어딘가에 이력서를 내면 서류를 통과하고 면접장에 간다. 기사, 논문, 인터넷 검색 자료를 한국어로 읽고 말한다. 길거리를 지나가도 아무도 나를 이상하게 보지 않는다. 나는 완벽히 이곳에 속해있다. 누구도 나에게 어디서 왔냐고 묻지 않고 진짜로 너의 고향이 어딘지 묻지도 않는다. 서울 곳곳을 알고 있고 문화 생활을 즐긴다. 나는 젊고 어디든 간다. 전시를 보고 글을 쓰고 친구들을 만나고 강의를 듣는다. 원하는 것을 하는 데 문제가 되는 것은 대부분 돈일 뿐이다. 나는 많은 자원을 갖고 있다. 부탁할 사람이 있고 물어볼 사람이 있다. 내가 뭘 모르는지 알고 어떻게 모르는 걸 해결할 수 있는지 방법도 안다.

외국에 나가면 어떤가. 나는 여전히 여성이다. 그리고 이방인이 된다. 거기다 서구 사회라면 나는 아시아인이다. 한참 우선순위가 밀리는 인종이다. 여성으로서의 지위가 아주 조금 나아진다고 해도 동양인과 여성이 합쳐지면 또 놀라운 시너지가 생길 것이다. 소수자성이 합체되어 정확히 두 배일지는 모르지만 두 가지 소수자성을 가지고 살아야 하는 게 상상만으로는 엄두가 나지 않는다. 막상 닥치면 어떻게든 헤쳐나가겠지만 힘들지 않을 수는 없을 것이다. 과거에는 서구 사회가 정의, 평등, 자유를 지향하고 그것들에 우리보다 훨씬 가까이 다가간 곳이라 여겼기에 갈망이 있었지만 최근 들어 환상에 꽤 금이 갔다.

게다가 나는 능통한 외국어가 없다. 어딜 가든 버벅대는 기간이 길 것이다. 그곳에서 나는 여성이자 언어가 능숙하지 않고 문화가 익숙하지 않은 사람이다. 해야 할 것과 하지 말아야 할 것, 말하는 습관과 용인되는 감정표현을 알지 못하는 사람일 테니까 나와 소통하는 불친절한 사람은 보통 그가 내는 짜증보다 더 높은 강도의 짜증을 나에게 낼 것이다.

나는 지쳐 있다. 권력 없이 사는 데 지쳤다. 늘 원하는 만큼 존중받지 못하고 제대로 대우받지 못하고 중요하게 여겨지지 않는 데 신물이 난다. 가만히 있어도 존중받고 싶다. 엄청난 대접을 받고 싶다는 뜻이 아니다. 내 옆에 있는 남편만큼, 내가 남들을 대하는 만큼, 사회에서 만나는 동료 시민끼리의 대접만큼, 그만큼을 원한다. 지금 내게는 주어지지 않는 것. 경계하고 조심하기 위해 에너지가 너무 많이 들어간다. 존재하는 게 힘이 든다.

소수자로 사는 게 어떤지 너무 잘 알고 그게 매분 매초 나를 지치게 만들기 때문에 또 다른 소수자성을 선뜻 취할 용기가 나지 않는 것이다. 하지만 내가 가진 특권을 어떻게든 손에 쥐고 있고 싶다는 마음이 이기적이거나 욕심을 부리는 것처럼 보이지 않을까 염려한다. 빡빡한 자기검열 속에서 입을 다문다.

남편은 공적인 자리에서 점점 더 자신의 감정을 드러낸

다. 그는 나와 비슷한 정도로 친절한 사람이다. 그렇지만 뭔가 불만스러운 일이 생기면, 이를테면 은행 직원이 카드 영업을 하며 리볼빙을 제시하면, 리볼빙이 소비자를 기만하는 제도라 여기는 그는 은은하지만 분명하게 불쾌감을 드러낸다.

나는 그의 태도를 나의 것과 비교해본다. 불쾌감 앞에서 나는 얼마나 당당한가. 부정적인 감정이 얼마나 정당한지 자문하는 내가 있다. 상대가 실수로 혹은 별생각 없이 그런 건 아닐지, 내가 불쾌해해도 되는 상황인지 한 호흡 멈추어서서 생각한다. 답을 얻고 나면 다음 질문이 이어진다. 그 감정을 얼마큼 드러내도 될까? 불쾌하다고 해서 그걸 그대로 드러내는 건 유치하고 미성숙한 일이지 않을까? 나는 이 일만 무사히 마치면 되는데 괜히 감정을 드러냈다가 될 일도 안 되게 만들 수 있지 않을까? 상대가 더 불쾌해하여 이 일을 망쳐버릴지도 모르니, 그냥 참고 넘어가는 게 나에게 더 이득이지 않을까?

머릿속에서 이런 의문들과 씨름하는 동안 상황은 이미 훌쩍 진행되어 있고 나는 정신이 반쯤 딴 데 있는 채로 일을 마친다. 그렇게 그곳을 나오며 부정적인 감정이 하나 더 추가된다.

불쾌감을 표현했어야 했나? 아까 그 말에는 이렇게 받아쳤으면 좋았을 텐데. 무시당하고 끝나도록 내가 나를 방치한 건 아닐까? 부정적인 감정과 자기검열의 소용돌이 속에서 마음이 어둠 속으로 처박힌다. 어느덧 상대에 대한 감정보다 나 자신에 대한 자괴감이 더 커진다. 용기나 순발력이 있었더라면 잘 대처했을 거라는 생각을 멈추지 못한다. 우울감으로 빠진다. 이것이 약자가 사는 방식이다. 분노가 쌓이고 그 와중에 자기검열을 하다 우울이 오는 것.

분노와 슬픔은 함께 온다. 세상의 많은 것이 나를 슬프게 만든다. 그렇지만 내가 생각하는 건 슬퍼해도 괜찮고 화를 내도 괜찮다는 사실이다. 오늘 슬프고 내일 힘을 냈다가 모레 다시 슬퍼져도 괜찮다. 자신을 들여다보고 삶을 해석하기를 멈추지 않는 한 나는 지지 않을 것이다.

나는 지쳐 있다. 권력 없이 사는 데 지쳤다. 늘 원하는 만큼 존중받지 못하고 제대로 대우받지 못하고 중요하게 여겨지지 않는 데 신물이 난다. 가만히 있어도 존중받고 싶다. 엄청난 대접을 받고 싶다는 뜻이 아니다. 내 옆에 있는 남편만큼, 내가 남들을 대하는 만큼, 사회에서 만나는 동료 시민끼리의 대접만큼, 그만큼을 원한다.

무엇에도 흔들리지 않으려 나를 꽁꽁 얼려놓았던 시간
이 있었다. 꼿꼿하게 서야 강하다고 생각한 건 아니고 마냥
피곤해서였다. 마음이 출렁이는 게 번거로웠고 출렁이고
나면 꼭 자기반성으로 이어지는 깨달음이 나를 바꿔야 한
다고 밀어붙이는 것 같아 다 거추장스러웠다.

알고 보니 마음이란 행복의 문, 환희의 문, 만족의 문, 슬
픔의 문, 좌절의 문, 분노의 문이 따로 나뉘어있는 방 3 화
장실 2의 아파트가 아니라 여러 감정이 한데 뒤섞여 뒹구
는 원룸이라서 내 맘대로 방문을 골라 닫거나 여는 구조가
아니었다. 현관문이 닫히자 아무것도 드나들지 못했다. 흔
들림은 마음을 내어준다는 뜻이었다. 나는 점점 무감한 사
람이 되어갔다. 고요함을 기대했으나 쓸쓸하고 버석버석
했다.

불어오는 바람에 따라 가지와 잎을 부드럽게 흔들면서 뿌리는 굳건히 땅에 못 박은 나무처럼 건강하게 서고 싶다. 변화할 용기를 잃고 싶지 않다. 무언가 내게 다가와 속을 헤집어놓고 고통스러운 자각이든 환희에 찬 앎이든 지각변동을 일으켜주길 바란다. 그건 무언가에 달린 게 아니라 나에게 달려있다는 걸 알아가고 있다. 절경은 보는 사람의 마음의 힘에 따라 나타난다.

지금 내 세상은 새로 만들어지는 중이다. 언제까지나 그럴 것이다. 완성은 없고 과정만 있다는 걸 받아들이려는 참이다.

서른에 얻은 말과 버린 말

초판 1쇄 발행	2021년 4월 1일
지은이	사월날씨
펴낸곳	(주)행성비
펴낸이	임태주
책임편집	이윤희
디자인	이유진
출판등록번호	제2010-000208호
주소	경기도 파주시 문발로 119 모퉁이돌 303호
대표전화	031-8071-5913
팩스	0505-115-5917
이메일	hangseongb@naver.com
홈페이지	www.planetb.co.kr

ISBN 979-11-6471-141-3 (03810)

행성B는 독자 여러분의 참신한 기획 아이디어와 독창적인 원고를 기다리고 있습니다.
hangseongb@naver.com으로 보내 주시면 소중하게 검토하겠습니다.